René Sommer   Das avocadogrüne Känguru

AF215087

Zuletzt erschienen (edition jeu-littéraire):

Das Popcorn und die Vögel. Kurzgeschichten. ISBN: 978-3-7448-6475-6

Woanderswoher. Roman. ISBN: 978-3-7460-8082-6

Das Mädchen mit rotem Hut. Kurzgeschichten. ISBN: 978-3-7528-1413-2

Play Huch. Gedichte. ISBN: 978-3-7528-2037-9

René Sommer

Das avocadogrüne Känguru

Kurzgeschichten

Bibliografische Information der Deutschen Nationalbibliothek:
Die Deutsche Nationalbibliothek verzeichnet diese
Publikation in der Deutschen Nationalbibliografie;
detaillierte bibliografische Daten sind im Internet über
http://dnb.dnb.de abrufbar.

Editor Factory: ib-lyric (edition jeu-littéraire 1/3)
Author Photo: Erika Koller
Cover Image: Itta Beaux

Herstellung und Verlag:
BoD – Books on Demand, Norderstedt

ISBN: 978-3-7481-3002-4

Inhalt

Verborgene Himbeeren

Spiegelglatt liegt der See da. Die Wolken zerfasern, lösen sich auf. Die Sonne scheint. Johann Sebastian Huch betrachtet den üppig bewaldeten Bergrücken, der sich über dem türkisfarbenen Wasser erhebt. Der Sand schimmert milchkaffeebraun. Die Steine sind von den Wellen rundgeschliffen.
Ein Schild verheißt.
- Erlaube, dass wir dich verzaubern!
Huch nähert sich einem riesigen Strandhaus mit geschnitzten Fensterläden.
Eine Frau empfängt ihn mit freundlichem Blick.

- Hallo, ich bin Anne Wilkens.

Sie hat lange blonde Haare.
- Bist du ein Vogelbeobachter?
Er winkt ab.
- Ich schaue mir alles an.
Anne legt ihre Hand auf seine Schulter.
- Was ist dein Lieblingsdessert?
Ein Lächeln huscht über sein Gesicht.
- Waldhimbeeren, frisch vom Strauch und sonnenwarm.
Sie wickelt sich spielerisch eine Haarsträhne um die Finger.
- Die sind nicht überall zu finden.
Huch schlägt die Augen nieder.

- Ich werde mal den Strand entlang gehen.
Die Wellen schwappen träge über den Sand.
Anne hakt sich bei ihm ein.
- Ich begleite dich. Vielleicht sollten wir in den Wald abzweigen. Dort könnte hinter jedem Baum eine Himbeere auf uns warten.
Huch lässt den Blick schweifen.
- Wie lange dauert es, von hier in den Wald zu gehen?
Sie stellt sich auf die Zehenspitzen.
- Wir sind gleich da.
Er nickt aufmunternd.
- Zeig mir den Weg.
Anne führt ihn zu den Felsen.
- Es macht Spaß, auf den Berg zu steigen.
Aus einer Schlucht rieselt ein schmaler Bach in den See.
Das Ufer ist von Weiden gesäumt.
Anne und Huch klettern die Serpentinen hoch, gelangen in einen lichtdurchfluteten Wald.
Ein Mann lehnt gegen einen Baum.

- Hallo, ich bin Charly Nelson.

Er trägt ein Hemd und eine Krawatte, hat einen eingerollten Teppich.
- Seid ihr Freunde?
Anne schiebt Mittelfinger und Ringfinger zusammen.
- Wir haben uns am Strand getroffen.
Nelson tippt mit dem Zeigefinger an den Teppich.
- Ich würde ihn dir gern schenken.
Sie streckt den Arm aus.

- Das ist kein Problem. Ich nehme ihn.

Er überreicht ihr den Teppich.

- Ich gebe ihn nicht gern her. Er fehlt mir schon jetzt.

Huch spitzt die Lippen.

- Dann behalt ihn doch.

Nelson senkt die Augen.

- Nein, ich möchte ihn lieber hergeben als behalten.

Anne wiegt die Teppichrolle.

- Er ist federleicht. Ich habe schon schwerere Teppiche getragen. Komm mit uns. Dann kannst du ihn jederzeit zurückhaben.

Nelson erkundigt sich.

- Wohin geht ihr?

Ein leichtes Lächeln umspielt Huchs Mund.

- Wir sehen uns nach Waldhimbeeren um.

Sie kommen vor eine alte Scheune.

Eine Frau öffnet das Tor, rennt heraus.

                              - Hallo, ich bin Ina Larini.

Sie ist barfuß und trägt ein langes Kleid. Die Puffärmel haben die Ausmaße eines Volleyballs.

- Ich bin daran, die Scheune wohnlich einzurichten. Darf ich euch meine Tapete zeigen?

Anne tänzelt wie eine Feder vorneweg.

- Ja gern, ich habe noch nie in einer Scheune gelebt.

Nelson folgt ihr, betrachtet den Lehmboden und die aquamarinblaue Tapete.

- Bei dir ist alles in Ordnung.

Ina rümpft die Nase.

- Der Boden ist ein bisschen kühl.

Anne senkt den Kopf.

- Darf ich den Teppich ausrollen?

Ina legt ihr eine Hand auf den Rücken.

- Du rettest mich.

Anne breitet ihn aus.

- Ich denke, es ist Zeit, den Teppich zu brauchen.

Ina stellt sich darauf.

- Ich habe warme Füße.

Ihr Blick wandert von Nelson über Huch zu Anne.

- Wer hat gern Waldhimbeeren?

Anne weist auf Huch.

- Er.

Ina steuert den Blick zu Huch.

- Du gefällst mir. Ich habe auch gern Waldhimbeeren.

Nelson lacht.

- Ich mache gern Scherze mit dem Teppich.

Sie richtet die Augen auf ihn.

- Was für Scherze?

Er bückt sich, packt den Saum des Teppichs mit beiden Händen.

- Ich könnte dir den Teppich unter den Füßen wegziehen.

Ina hebt vom Boden ab, schwebt 10 Zentimeter über dem Boden.

- Ist gut. Konzentrieren wir uns auf diese Sache.

Anne faltet leicht die Stirn.

- Ich kann leider nicht fliegen.

Ina klimpert mit den Wimpern.

- Das macht fast gar nichts. Du stehst ja neben dem Teppich.

Nelson presst den Mund zu einem Strich zusammen.

- Wie lange kannst du in der Luft bleiben?

Sie richtet die Fußspitzen leicht nach innen.

- Bis du den Teppich weggezogen hast.

Er lässt den Saum los.

- Das mache ich doch gar nicht. Ich liebe dich.

Ina dreht die Fußspitzen nach außen und landet.

- Wir könnten gemeinsam das große Scheunentor anmalen.

Ein Mann stolpert in die Scheune.

- Hallo, ich bin Marco Kamp.

Er trägt eine helle Hose, bringt 5 Pinsel und einen Kübel mit türkisgrüner Farbe.

- Es macht mehr Spaß, ein Tor zu öffnen, wenn es farbig ist.

Anne nimmt einen Pinsel.

- Ich glaube, wir sollten unverzüglich beginnen.

Nelson läuft zum Kübel.

- Ich bin dabei.

Ina klatscht aus Leibeskräften.

- Danke für eure spontane Bereitschaft!

Kamp wirft Huch einen Blick zu.

- Brauchst du auch einen Pinsel?

Er verlässt die Scheune.

- Im Moment nicht.

Anne folgt ihm mit den Augen nach.

- Was hast du vor?

Er geht in den lichtdurchfluteten Wald.

- Einige malen ein Tor an, manche suchen Waldhimbeeren.

Nelson weist mit dem Kopf auf den Farbkübel.

- Ich mag das Malen wirklich.

Ina lehnt sich gegen die Wand.

- Willst du einen Schlüssel?

Huch stellt sich auf ein Bein.

- Was für einen Schlüssel?

Sie deutet auf das Tor.

- Für die Scheune. Dann hast du einen Schlüssel und gehörst zu unserer Gemeinschaft.

Er wiegt den Kopf hin und her.

- Ich überlege es mir in aller Ruhe.

Kamp führt mit der Hand einen Pinsel übers Tor.

- Geh nicht zu weit und lass bald von dir hören.

Huch streift durch den Wald, hört die Vögel singen. Das Licht schimmert ahorngrün unter den Wipfeln.

Eine Frau bummelt mit schlenkernden Hüften.

- Hallo, ich bin Mariam Marconi.

Sie trägt eine farngrüne Jacke und bringt eine Streichholzschachtel.

- Wie viele Himbeeren hast du gefunden?

Er blinzelt verschmitzt.

- Ich habe keine gefunden.

Mariam öffnet die Schachtel.

- Da ist eine für dich drin.

Huch klaubt sie heraus.

- Vielen Dank!

Sie richtet den Blick auf seinen Mund.

- Wie schmeckt sie?

Er lässt die Beere auf der Zunge zergehen.

- Es ist nicht einfach, ein Wort dafür zu finden.

Mariam schließt die Zündholzschachtel.

- Ich wünschte, ich hätte mehr Himbeeren.

Ein Mann durchschreitet den Wald mit festem, schnellem Schritt.

                    - Hallo, ich bin Konrad Palm.

Er trägt enge Hosen und bringt einen kleinen Korb voll Waldhimbeeren.

- Habt ihr Lust?

Mariam greift zu.

- Ich denke, dass ich nicht widerstehen kann.

Palm bietet Huch den Korb an.

- Nehmt alle. Sie sind nicht lang haltbar.

Huch streckt lächelnd den Kopf weit vor.

- Ich möchte gern die Sträucher sehen, von denen du sie gepflückt hast.

Die Prinzessin und das Genie

Ein taubenfarbener Schimmer liegt über dem weiten Lavendelhang. Huch kommt einen Feldweg entlang, findet eine Landstraße. Sie hat tiefe Rillen und Schlaglöcher. Hinter einer Biegung umspielt warmes Sonnenlicht ein rostiges Straßenschild mit der Aufschrift.
- Triff eine Prinzessin.
Huch schaut sich großäugig um.
- Seltsame Schilder hat das Land.
Die Landstraße führt in eine Bucht hinunter, zieht sich dem Ufer entlang.
Eine Frau steht im Sand.

                              - Hallo, ich bin Leyla Masnada.

Sie hat eine Krone im Haar.
- Kannst du eine Espressotasse entwerfen?
Huch schiebt den Strohhut mit einer trägen Bewegung in den Nacken.
- Hast du eine Idee, wie sie aussehen soll?
Leyla spitzt kurz die Lippen.
- Ja, sie soll 2 Flügel bekommen.
Er geht zu ihr.
- Ich kann sie in den Sand malen.
Sie blickt ihn ermunternd an.
- Es wird oft gesagt, dass ein Künstler kein Papier braucht.

15

Huch kauert und zeichnet mit dem Finger eine Tasse mit 2 Flügeln.

- Ich mache nur den Entwurf.

Leyla bricht in lautes Lachen aus.

- Was für eine unglaubliche Espressotasse!

Ein Mann kommt mit resolutem Schritt.

- Hallo, ich bin Leonhard Crook.

Er trägt eine Fransenjacke und hält ein Silbertablett hoch.

- Die Luft riecht schon nach Kaffee.

Eine Espressotasse fliegt heran, schlägt mit den Flügeln und landet auf dem Tablett.

Leyla ergreift sie.

- Ich habe Kaffee gern.

Crook blickt auf den See hinaus.

- Es gefällt mir, am Strand zu sein.

Sie streichelt über Huchs Arm.

- Wir sollten uns auf eine Bank setzen und gemeinsam den Espresso genießen.

Huch setzt ein Lächeln auf.

- Ich stehe gern.

Eine Frau und ein Mann bringen eine Bank an den Strand. Die Frau geht vorn.

- Hallo, ich bin Nike Apfelberg.

Sie trägt dunkle Halbschuhe.

- Wo kommt die Bank hin?

Leyla nimmt einen Schluck Kaffee.

- Es gibt viele schöne Orte am Ufer.

Der Mann stellt die Bank ab.

- Hallo, ich bin Enno Jerry.

Er trägt ein ameisenschwarzes Leibchen.

- Wir könnten diesen Platz mal testen, wenn es euch recht ist.

Crook setzt sich aufrecht auf die Bank.

- Das machen wir.

Sein Blick wandert zu Nike.

- Setz dich neben mich.

Sie nimmt Platz.

- Hast du es gemerkt? Dies ist eine super Bank. Das Holz wird nie verwittern.

Crook schnuppert an der Lehne, dreht verträumt den Kopf.

- Ich bin beeindruckt.

Er schiebt die Oberlippe leicht vor.

- Willst du mich küssen?

Nike lächelt verschmitzt.

- Uns fehlt etwas.

Crook zuckt etwas ratlos die Schulter.

- Was denn?

Sie entblößt beim Lächeln die obere Zahnreihe.

- Ich hätte gern eine Zigarrenkiste.

Jerry schiebt sich zwischen Nike und Crook.

- Wir brauchen eben den Kontakt zu verschiedenen Sachen aus Holz.

Leyla setzt sich neben Nike.

- Ehrlich gesagt, ich finde Zigarrenkisten interessant.

Crook fasst sich ans Herz.

- Ich auch! Überhaupt müssten wir das Holz viel mehr schätzen.

Eine Frau läuft in hurtigen Sprüngen über den Strand.

- Hallo, ich bin Ruby Gala.

Sie trägt helle Strümpfe, bringt eine leere Zigarrenkiste und einen goldgelben Stift.

- Ich bringe, was ihr wahrscheinlich braucht.

Nike springt auf.

- Ja, so eine Kiste haben wir uns gewünscht.

Sie nimmt sie Ruby aus der Hand.

- Wir möchten damit etwas Neues ausprobieren.

Leyla stellt sich neben sie.

- Das ist eine ungeheuer inspirierende Zigarrenkiste.

Crooks Augen leuchten.

- Ich finde sie vielversprechend.

Jerry hält den Kopf vorgestreckt.

- Wir könnten sie mit dem Stift verschönern.

Rubys Augen blicken umher.

- Wem darf ich den Stift geben?

Leyla ergreift den Stift und drückt ihn Huch in die Hand.

- Zeichne etwas!

Er atmet durch.

- Wir sollten versuchen herauszufinden, was die Kiste verschönert.

Crook spricht mit ausladenden Gesten.

- Male Goldmünzen!

Eine goldene Münze rollt über den Strand, glänzt in der Sonne.

Crook rennt ihr nach.

- Ich dachte schon, solche Münzen würde es nur in Schatzkisten geben.

Nike klopft Huch auf die Schulter.

- Wie wäre es mit einem Wecker mit 2 Glocken?

Ein Wecker schrillt aus der Tiefe der Bucht.

Nike gibt ihm die Zigarrenkiste, läuft davon.

- Hoffentlich komme ich nicht zu spät.

Jerry blinkert mit den Augen.

- Mir würde ein Velo gefallen.

Ein goldenes Fahrrad taucht aus den Wellen auf.

Jerry holt es aus dem Wasser, schwingt sich in den Sattel.

- Es ist nur natürlich, dass ich in die Pedalen trete.

Er radelt davon.

Ruby hat dafür nur ein Kopfschütteln übrig.

- Treffen wir keine übereilten Entscheidungen.

Sie legt sich auf die Bank.

- Ich schlafe eine Runde.

Leyla schaut Huch an.

- Kannst du eine Sonne malen?

Er zeichnet einen Kreis und ein paar Striche als Strahlen.

- Ich denke, die Sonne passt zur Kiste.

Sie krümmt Daumen und Zeigefinger zu einem Kreis.

- Das wird schön.

Ein Lächeln legt sich auf sein Gesicht.

- Danke. Darf ich dir den Stift und die Kiste zurückgeben?

Leyla legt ihn in die Zigarrenkiste.

- Du bist ein guter Künstler. Niemand außer dir zeichnet

so die Sonne.

Huch macht eine große ausladende Handbewegung.

- Alle Menschen können einen Kreis und Striche zeichnen.

Sie sieht sich um.

- Wir sollten in die Stadt gehen und die Kiste ins Kunsthaus bringen.

Er entdeckt am Ende der Bucht einen Weg, der sich durch die Felsen in die Höhe schlängelt.

- Steigen wir dort hinauf?

Leyla kneift die Augen zusammen und schaut.

- Dieser Weg führt sicher in die Stadt.

Huch versucht, sie mit neugierigen Blicken zu erforschen.

- Woher weißt du das?

Sie hält mit gerecktem Hals Ausschau.

- Ich vertraue eben meinen Instinkten.

Kehre um Kehre gewinnen sie Höhe, erreichen eine Straße. Sträucher, Brombeeranken und Bäume überwuchern den Straßenrand und die anschließenden Brachen.

Huch wendet den Blick von der Straße.

- Viele Pflanzen finden hier Platz.

Leyla streckt das Kinn nach vorn.

- Ich mag es, wenn es wild ist.

Er sieht weiter vorn Häuserstümpfe.

- Dort könnte die Stadt beginnen.

Leyla geht zu den dunklen, fensterlosen Fassaden.

- In diesen Gebäuden könnte ich mich nicht sofort einleben.

Huchs Augen wandern im Kreis.

- Wir brauchen etwas Zeit, um das Kunsthaus zu finden.

Ein Park verwildert um ein großes Haus herum.

Ein Mann öffnet das Tor.

- Hallo, ich bin Amir Small.

Er trägt eine Brille mit perlweißem Gestell.
- Normalerweise ist das Kunsthaus geschlossen. Aber extra für euch mache ich die Tür auf.
Ein Schmunzeln gräbt sich in Leylas Wangen.
- Wir sind angenehm überrascht.
Small faltet die Hände vor der Brust.
- Ich bin stolz, dass ihr unser Kunsthaus ausgewählt habt.
Er führt sie vor den Treppenaufgang zu einer Halle.
- Ihr könntet Genies sein.
Huch stopft die Hände in die Hosentaschen.
- Alle Menschen sind Genies.
Small hebt die Hand an den Kopf.
- Wie fühlt man das?
Leyla läuft die Treppe hinauf, immer 2 Stufen auf einmal.
- Ich denke, deine Haarfarbe sieht gut aus.
Er rückt die Brille zurecht.
- Erkennt man das Genie an der Haarfarbe?
Sie stemmt den Arm in die Hüfte.
- Manchmal auch an den Kleidern.

Die Goldidee

Am Himmel zieht eine hohe Wolke.
Huch schaut ihr nach.
Die Landstraße entlang führt ein Trottoir.
Eine Frau stellt einen Stuhl darauf.

- Hallo, ich bin Karla Karola.

Sie hat lange blonde Haare.
- Bist du müde? Möchtest du dich setzen?
Huch schließt die Augenlider halb.
- Im Moment bin ich gut zu Fuß.
Ein Mann bummelt daher.

- Hallo, ich bin Nathan Lauterbach.

Er trägt eine Baseballmütze.
- Der Stuhl ist fantastisch.
Karla blickt direkt in seine Augen.
- Ist es für dich wichtig, dass er hier steht?
Lauterbachs rechte Augenbraue geht hoch.
- Sehr wichtig. Am liebsten würde ich mich darauf setzen.
Sie weitet die Arme.
- Ja, tu das.
Er nimmt Platz.
- Ich mag Stühle mit 4 Beinen.

Huch streckt den Fuß spitz.

- Tschau zusammen, ich gehe dann.

Lauterbach ringt die Hände.

- Moment! Nur nichts überstürzen! Ich habe nämlich eine wichtige Frage.

Huch hält inne.

- Vielleicht weiß Karla die Antwort.

Sie weist auf sich selbst.

- Ich gebe gern Auskunft.

Lauterbach winkelt ein Knie hoch.

- Sitze ich richtig?

Karla biegt die Finger.

- Du sitzt schon richtig. Aber wie willst du mir im Sitzen eine Rose schenken?

Eine Frau schreitet langsam auf sie zu.

- Hallo, ich bin Melek Gamma.

Sie trägt ein ananasgelbes Kleid und einen Gitarrenkoffer auf dem Rücken.

- Rosen sind selten in Koffern.

Karola zieht die Augenbraue kurz hoch.

- Rosen sind überall, nur leider nicht in meiner Hand.

Lauterbach setzt ein sympathisches, spitzbübisches Grinsen auf.

- Wenn sie überall wären, dann müssten sie doch auch in deiner Hand sein.

Melek legt den Gitarrenkoffer auf die Straße.

- Ich bin mir sicher, dass es eine Frage der Zeit ist.

Sie zeigt auf Huch.

- Öffnest du die Verschlusslaschen?

Er lässt seine Hand locker baumeln.

- Ich schau sie mir gern an.

Lauterbach juckt es in den Fingern.

- Ich mag Verschlüsse.

Karola schließt die Augen halb.

- Bist du in Form?

Er flitzt vom Stuhl.

- Sogar in Bestform.

Melek klopft ihm von hinten auf die Schulter.

- Ich möchte mehr über deine Form wissen.

Lauterbach öffnet den Gitarrenkoffer.

- Du siehst mich heißblütig am Werk.

Er findet eine Rose im rosa Futter.

- Du wirst hocherfreut sein.

Karola reibt sich die Augen.

- Ich brauche eine Minute um mich zu fassen.

Melek klopft mit den Fingerkuppen auf den Deckel des Gitarrenkoffers.

- Ihr könnt es unumwunden bekennen: Das ist die schönste Rose, die ihr je gesehen habt.

Lauterbach nimmt sie in die Hand, riecht an der Blüte.

- Der Duft macht unheimlich müde.

Karola senkt den Blick.

- Dann setz dich wieder auf den Stuhl.

Melek hebt den Kopf.

- Hast du auch ein Bett?

Karola verneint entschieden.

- Nein, ein Bett hat auf dem Trottoir nicht Platz gehabt.

Lauterbach lässt den Blick schweifen.

- Vielleicht steht eines auf der Straße.

Melek klimpert mit den Wimpern.

- Gehen wir ein paar Schritte. Mit etwas Glück stoßen wir auf ein Bett.

Sie schließt den Gitarrenkoffer.

- Ich bin bereit.

Karla geht voran.

- Konzentrieren wir uns auf die Straße.

Lauterbach übergibt Huch die Rose.

- Weißt du, wem du sie schenken könntest?

Huch setzt einen Fuß vor den andern.

- Noch nicht, aber ich könnte darüber nachdenken.

Melek schultert den Gitarrenkoffer.

- Schenke sie einer Frau, die Blumen liebt.

Huch schaut Karla an.

- Darf ich sie dir geben?

Karlas Augen strahlen.

- Ja, gern. Ich genieße es, an der Blüte zu riechen.

Er bietet sie ihr mit den Worten an.

- Ich wünsche dir viel Freude.

Sie steckt die Nase in die Blüte.

- Dankeschön. Ich mag ihren Duft.

Lauterbach presst die Knie zusammen.

- Sei vorsichtig. Plötzlich wirst du müde.

Melek lächelt von Ohr zu Ohr.

- Das muss nicht sein. Vielleicht hast du einfach zu viel Duft aufs Mal eingeatmet.

Auf der Straße steht ein Bett. Es ist so lang und so breit wie ein Lastwagen.

Ein Mann lungert barfuß darum herum.

- Hallo ich bin Leander Ginsberg.

Er trägt eine blassgrünblaue Jacke.

- Mein Bett vermittelt eine gute Vorstellung von der Größe der Träume.

Karla spricht mit leuchtenden Augen.

- Ich habe noch nie ein so großes Bett gesehen.

Lauterbach winkelt den Arm ab.

- Es ist zu breit.

Melek zeigt den Anflug eines Lächelns.

- Das hat einen Vorteil. Wir haben alle darin Platz.

Ginsberg kehrt sich Huch zu.

- Wie denkst du darüber?

Huch zieht die Oberlippe ein.

- Es gewinnt sicher das Herz aller Menschen, die müde sind.

Karla verlagert ihr Gewicht von einem Fuß auf den andern.

- Ich gehe ein paar Schritte weiter. Aber wenn ich müde bin, kehre ich gern zurück.

Lauterbach massiert sich die Schläfe.

- Kann man das Bett nicht zusammenstauchen?

Ginsberg zerrt die riesige Decke und das Kissen auf die Wiese.

- Doch, das lässt sich machen. Es geht schnell.

Er schiebt das Bett auf die Breite eines gewöhnlichen Doppelbetts zusammen.

- Was sagst du dazu?

Lauterbach gähnt.

- Jetzt könnte ich darin schlafen, wenn es nur nicht so lang wäre.

Meleks Blick wandert langsam suchend herum.

- Wie lange hättest du es denn gern?

Lauterbach biegt die Finger nacheinander ein.

- Wenn man die Breite staucht, muss man auch die Länge kürzen.

Ginsberg drückt die Längsseite zusammen, bis das Bett auf die Größe eines gewöhnlichen Hotelbetts schrumpft.

- Jetzt sollte es perfekt sein.

Lauterbach legt sich darauf.

- Ich bin schläfrig. Aber wie soll ich ohne Kissen und Decke schlafen?

Karla geht um die Riesendecke herum.

- Sie ist nun wohl ein paar Nummern zu groß.

Melek hat eine Idee.

- Du könntest das Kissen als Decke nehmen.

Er reagiert mit Kopfschütteln.

- Nein, ich möchte mich nicht mit einem Kissen zudecken, und wenn es auch noch so groß ist.

Eine Frau läuft pfeifend auf der Landstraße.

- Hallo, ich bin Enya Korbmacher.

Sie trägt bananengelbe Turnschuhe, bringt eine Decke und ein Kissen.

- Du kannst mein Bettzeug benutzen.

Lauterbach atmet befreit auf.

- Ich bin sicher, dass es passt.

Sie schiebt das Kissen unter seinen Kopf.

- Verbringst du gern die Zeit im Bett?

Er schließt die Augen und gibt zu verstehen, dass die

Unterredung vorüber ist.

- Ja, das Relaxen entspricht mir.

Melek und Enya breiten die Decke über seinen Körper aus.

- Schläfst du schon?

Lauterbach lächelt hintergründig.

- Genau. Da liegt ihr richtig.

Karla kann sich das Lachen kaum verbeißen.

- Ich denke eher, dass du liegst.

Ginsberg benagt mit den Schneidezähnen die Oberlippe.

- Ich sorge mich um meine Riesendecke. Sie sollte nicht in der Wiese liegen bleiben.

Enya sagt mit einem charmanten Augenzwinkern.

- Ich habe einen Vorschlag.

Sie läuft zur Riesendecke.

- Wir könnten uns darauf setzen und an der Rose riechen.

Karla rückt neben sie.

- Du verdienst eine Goldmedaille für deine gute Idee.

Ein Mann durchquert die Wiese mit schnellen Schritten.

                              - Hallo, ich bin Magnus Zabel.

Er trägt einen kanariengelben Hut und bringt eine Gold-medaille.

- Wenn du willst, kannst du sie haben.

Unter 4 Augen

Bei einem kleinen See mit klarem Wasser, in unmittelbarer Nähe des Himmels, steht ein leeres Warenhaus.
Huch geht hinein, tritt auf die Rolltreppe. Sie läuft an, führt ihn ins Obergeschoß, wo ein Glaskasten schimmert. Als er auf mittlerer Höhe hinaufguckt, huscht eine Frau aus dem Glaskasten.

- Hallo, ich bin Malina Kid.

Sie trägt ein grünglänzendes Paillettenkleid, bewirft ihn mit Rosenblättern.
- Ich möchte hören, was du vorhast.
Er riecht an einem Rosenblatt.
- Ich werde mich vorstellen.
Malina wartet im Obergeschoß.
- Wem willst du dich vorstellen?
Er steigt von der Rolltreppe.
- Dir. Ich bin Johann Sebastian Huch.
Sie schmiegt sich an ihn.
- Haben dich die Rosenblätter glücklich gemacht?
Huch schlägt die Lider nieder.
- Warum fragst du?
Ein Lächeln fliegt über Malinas Gesicht.
- Wenn du glücklich bist, bin ich es auch.
Er tritt einen Schritt zurück.

- Sagst du das aus einem bestimmten Grund?

Sie richtet sich auf.

- Ja, ich möchte dich heiraten.

Huch legt den Daumen und die überwölbten Finger an die Stirn.

- Ich habe einen Vorschlag. Wir gehen an die frische Luft und unterhalten uns in aller Ruhe.

Ein Mann bewegt sich in kleinen Schritten durchs Warenhaus.

- Hallo, ich bin Marius Moretti.

Er trägt eine Weste mit einer Taschenuhr an der Kette.

- Hier ist alles gratis.

Malina lacht hell auf.

- Ich sehe nur leider nichts.

Moretti spielt mit der Uhrkette.

- Wir könnten versuchen, etwas zu finden.

Huchs Augen beginnen zu leuchten.

- Das ist eine gute Idee. Wo ist der Ausgang?

Moretti öffnet eine Tür.

- Gut, dass du fragst! Ich zeige euch gern die schöne Aussicht.

In unmittelbarer Nähe vom Ausgang ragt ein Fels auf.

Malina hält den Kopf schräg.

- Sehr weit ist die Sicht nicht gerade.

Er blickt Huch fragend an.

- Ist das schlimm?

Huch tastet den Fels mit Blicken ab.

- Ob es wohl einen Durchgang gibt?

Moretti schlüpft durch einen Spalt.

- Aber sicher doch! Folgt mir und lasst euch überraschen.

Durch eine schmale Höhle gelangen sie zu einem Aussichtspunkt. Der Wolkenhimmel reißt auf. Es entsteht ein Strahlenzelt. Hinter dem bizarren Wolkengebilde guckt die Sonne hervor. Für einen winzigen Moment leuchtet sie den Berghang aus. Der Buchenwald schimmert neongrün. Morettis Augen funkeln.

- Wenn euch die Aussicht nicht gefällt, sagt es einfach.

Malina wirbelt mit den Armen durch die Luft.

- Ich habe eine exzellente Sicht.

Sie versetzt Huch einen Stoß mit dem Ellbogen.

- Ich würde alles tun, um dich hier oben in meinen Armen zu halten.

Er drückt den Hut in die Stirn.

- Das kann ich glauben.

Moretti kaut auf den Lippen.

- Ich bin durstig.

Vom Aussichtspunkt führt ein in den Fels geschlagener Pfad in den Südhang hinunter. Dort leuchtet eine Neonreklame.

Malina deutet mit dem Finger hin.

- Da gibt es Coca-Cola. Brauchst du neue Energie?

Moretti lehnt, die Hände auf dem Rücken, gegen die Felswand.

- Woher weiß man, ob Energie mangelt oder nicht?

Sie schnalzt mit der Zunge.

- Wenn du dich schlaff fühlst, könnte es der Moment sein, wo du rufst: Eine Cola bitte.

Er legt seinen Unterarm auf den Bauch.

- Aber wenn ich entkräftet bin, mag ich vielleicht gar nicht mehr rufen.

Malina greift sich an die Stirn.

- Gut, vielleicht sagst du dann ganz ruhig: Ich will etwas trinken.

Moretti rappelt sich auf

- Das versuchen wir.

Malina schielt mit halbem Auge nach Huch.

- Ich mag Cola. Und du?

Er folgt ihr auf dem Felsenpfad.

- Welche Art von Cola würdest du mir empfehlen?

Sie stützt sich mit Ausfallschritt aufs Geländer.

- Das hängt davon ab, welche Vorlieben du hast.

Moretti krümmt den Rücken wie ein Fragezeichen.

- Warum stehst du?

Malina unterdrückt einen Seufzer.

- Es gibt wahnsinnig viele Sorten. Ich kann mich keinen Zentimeter mehr bewegen, wenn ich mir alle vorstelle.

Er drückt sich an ihr vorbei, hüpft zum Automaten hinunter.

- Ich schon. Ich bekomme dann erst richtig Durst.

Malina folgt ihm vorsichtig, als liefe sie über hauchdünnes, von Rissen durchsetztes Eis.

- Das sehen wir.

Sie dreht sich nach Huch um.

- Achtung. Die Stufen haben scharfe Kanten.

Er legt nach jedem Schritt eine winzige Pause ein.

- Danke. Ich passe auf.

Malina gelangt in den Schimmer der Neonreklame.

- Funktioniert der Automat?

Moretti drückt auf eine Taste.

- Ich probiere es.

Ein Wegwerfteller aus Plastik landet im Schacht.

Sie klaubt ihn heraus.

- Hast du wirklich eine Cola gewählt?

Er murmelt vor sich hin.

- 3 Tasten bieten sich an. Ich habe die mittlere gedrückt.

Darüber ist doch eine Dose abgebildet und kein Teller.

Malina macht die Augen zu.

- Wie gehen wir weiter vor?

Moretti atmet tief.

- Wir sind ein ziemlich gutes Team. Da sollte uns schon etwas einfallen.

Sie zieht den Hals ein.

- Soviel steht fest. Wegwerfteller darf man nicht einfach wegwerfen. Das verschmutzt die Landschaft.

Eine Frau spaziert durch den Südhang.

                              - Hallo, ich bin Lilia Tasci.

Sie trägt einen chiliroten Rüschenrock, bringt ein Glas Honig und einen Löffel.

- Braucht ihr Honig?

Malinas Blick schweift nach links, bleibt am Glas hängen.

- Danke. Du bist freundlich zu uns.

Moretti schiebt das Kinn nach vorn.

- Mit Honig kann man den Tag versüßen.

Lilia kneift die Augen zusammen.

- Es gibt wenige Leute, die einen Plastikteller haben.

Sie schöpft einen Löffel voll Honig darauf.

- Wer möchte ihn probieren?

Ein Mann trifft ein.

- Hallo, ich bin Can Capri.

Er trägt einen breitkrempigen Hut.
- Gebt mir den Honig. Ich habe ihn wahnsinnig gern.
Malina schlägt die Augen auf.
- Wir sind nicht perfekt. Wir haben nur einen Plastikteller.
Capri nimmt den Teller.
- Ich gehe nach Hause und streiche den Honig sofort aufs Brot.
Er läuft weg.
- Ich habe keine Lust, länger zu warten.
Ein Lächeln stiehlt sich in Morettis Gesicht.
- Er liebt den Teller mehr als wir.
Lilia hebt die Schulter.
- Plastik ist nicht leicht zu entsorgen.
Malina kichert mit Moretti um die Wette.
- In diesem Moment sind wir ihn los.
Lilia fährt mit dem Finger über Huchs Arm.
- Darf ich dir eine Frage stellen?
Er verschließt die Augen.
- Was möchtest du wissen?
Sie lehnt sich auf ihr linkes Bein.
- Hättest du gern ein Sandwich?
Huch senkt die Lider.
- Vielleicht ein andermal.
Malina sperrt die Augen auf.
- Habe ich etwas von einem Sandwich gehört?
Moretti hebt das Kinn.

- Gibt es eine Cafeteria in der Nähe?

Lilias Blicke schweifen in die Ferne ab.

- Ja. Kommt ihr mit?

Malina räkelt sich wie eine Raubkatze.

- Auf jeden Fall! Wenn es ums Essen geht, habe ich die Nase vorn.

Er flattert mit den Armen.

- Und ich habe auch keine Lust, hinten anzustehen.

Lilia zeigt ihnen den Weg, der durch den Südhang hinunterführt.

- Eilt schon mal voraus. Ich möchte noch was unter 4 Augen klären.

Sie zögert, bis Malina und Moretti nur noch kleine Punkte in der Wiese sind.

Dann fragt sie Huch.

- Glaubst du, dass es die Liebe wirklich gibt?

Er tippt an den Hut.

- Genau das wollte ich dich fragen.

Das Suchteam

An der letzten Straßenecke vor der Bucht steht eine Papierhandlung.
Die Tür springt auf.
Eine Frau schreitet auf Huch zu.

                              - Hallo, ich bin Melinda Torres.

Sie trägt ein kajalschwarzes Satinkleid.
- Ich habe rotes Papier für dich.
Er wiegt den Kopf.
- Was für ein Rot?
Melinda schiebt eine Schulter nach vorne.
- Schau mal herein.
Ein Mann überquert die Straße im Geschwindschritt.

                              - Hallo, ich bin Laurenz Casado.

Er trägt eine kleine Brille.
- Wie viele Bogen hast du?
Sie verschwindet im Laden.
- Ich habe nur einen.
Casado streckt den Hals.
- Den nehme ich.
Stracks kehrt sie mit einem himbeerroten Blatt zurück.
- Es hat mir fast Angst gemacht, dass niemand den Bogen

will.

Seine Augen funkeln.

- Wenn du möchtest, nehme ich noch andere Blätter.

Sie gibt ihm das Blatt.

- Du scheinst viel Papier zu brauchen.

Casado schiebt seine Brille zur Stirn hoch und wieder runter.

- Ich will nicht alles haben, aber so ein Blatt reiße ich mir gern unter den Nagel.

Melinda neigt den Kopf.

- Was machst du damit?

Er lächelt um die Wette.

- Ich bin dankbar.

Sie richtet sich zu ihrer vollen Größe auf.

- Das ist auch schön. Ich dachte, du wolltest etwas zeichnen.

Casado wedelt mit dem Blatt.

- Das habe ich schon lange nicht mehr versucht.

Melinda wirft Huch einen Blick zu.

- Kannst du zeichnen?

Er winkelt den Fuß an.

- Ja.

Casado legt das Blatt auf den Boden.

- Mach eine Zeichnung!

Huch hebt nur kurz den Finger in die Höhe und lässt ihn wieder sinken.

- Ich habe leider keinen Stift.

Eine Frau läuft über die Straße.

- Hallo, ich bin Polina Pera.

Sie trägt froschgrüne Handschuhe, bringt einen Bleistift und ein Fläschchen Parfüm.

- Ich kann dir einen Stift geben.

Huch nimmt ihn.

- Dankeschön, ich finde Bleistifte wunderbar.

Melinda guckt neugierig.

- Dieser Stift besitzt viele Eigenschaften.

Casado wischt sich den Mund ab.

- Ja, er liegt gut in der Hand.

Polina probiert einen Tanzschritt.

- Und die Mine ist frisch gespitzt, von Hand und mit Liebe.

Melinda legt den Daumen ans Kinn.

- Ah, du liebst ihn.

Casado runzelt die Stirn.

- Wen?

Polina öffnet die Beine leicht.

- Den Bleistift.

Melinda deutet mit dem Zeigefinger auf Huch.

- Wie lange brauchst du für eine Zeichnung?

Sein Blick geht über die Bucht hin.

- Ich zeichne einfacher als du denkst, mache Kreise und Striche, Strichmännchen eben.

Casado reibt sich die Hände.

- Kannst du auch eine Katze zeichnen?

Huch sagt augenzwinkernd zu Polina.

- Vielleicht wäre es etwas für dich.

Sie wippt von einem Bein aufs andere.

- Das mache ich lieber nicht.

Huch zeichnet eine Katze mit tellergroßen Augen.

- Gefällt sie euch?

Melinda hebt das Blatt auf.

- Ja, schenke sie mir.

Casado rückt sich seine Brille zurecht.

- Wie stellt man es an, Lust am Zeichnen zu bekommen?

Huch klopft mit den Fingern auf den Stift.

- Jemand bittet dich. Dann gehst du es an.

Die Katze grinst, springt aus dem himbeerroten Blatt und läuft zum Strand hinunter.

Polina lässt den Mund vor Staunen offen stehen.

- Das ist nicht alltäglich.

Melinda lässt die Schultern hängen.

- Schade für die Zeichnung, die du mir geschenkt hast!

Casado kommentiert mit knappen Worten.

- Die Katze kehrt nicht zurück.

Polina wendet den Blick ab.

- Ich habe keine Ahnung, was wir tun könnten.

Melinda schaut Huch streng in die Augen.

- Es ist deine Katze. Du solltest etwas unternehmen.

Er klemmt den Bleistift zwischen Zeige- und Mittelfinger.

- Ich sehe 2 Wege. Wir laufen ihr nach oder zeichnen eine andere Katze.

Casado tritt von einem Bein aufs andere.

- Mach du das! Ich kann nicht so gut zeichnen wie du.

Polina zeigt eine sorgenvolle Miene

- Nein, wir laufen zum Strand und suchen die Katze.

Melinda trägt das Blatt in die Papierhandlung zurück.

- Ich denke, das ist eine gute Idee.

Casado beschattet das Auge.

- Wir sehen uns um.

Polina dehnt ihre Beine.

- Es hat sich gelohnt, das wir uns ausgesprochen haben.

Huch gibt ihr den Bleistift zurück.

- Dein Vorschlag ist gut angekommen.

Melinda lächelt Huch zu.

- Hast du schon einmal eine Katze gesucht?

Er folgt der Straße zum Strand.

- Ja.

Polina holt ihn ein.

- Ich finde dich cool. Können wir Freunde sein?

Ein Mann rennt ihnen entgegen.

                                    - Hallo, ich bin Arian Craxi.

Er trägt eine buchsgrüne Kappe auf dem Kopf.

- Du hast eine schöne Frage gestellt.

Polina legt die Hände vor dem Herzen zusammen.

- Aus dem Bauch heraus eben, ohne lang zu studieren.

Melinda winkelt den Arm an.

- Willst du uns helfen?

Craxi richtet den Blick auf sie.

- Habt ihr etwas vor?

Ihre Oberlippe bebt fast unmerklich.

- Ja, wir suchen eine Katze.

Casado kehrt zur Gruppe zurück.

- Wir brauchen jeden Helfer.

Sie gehen unter Bäumen zum Ufer. Schattenschnipsel
rieseln auf sie herab, als würden sie auf dem Boden einer
Schneekugel wandeln. Eingeklemmt zwischen Fels und
See, schimmert der Sandstrand in der Bucht.

Melinda berührt flüchtig, wie zufällig Huchs Hand.

- Vielleicht kehrt die Katze von selber zurück.

Er lässt den Blick suchend über den Horizont gleiten.

- Das würde uns glücklich machen.

Casado zieht Schuhe und Socken aus.

- Ich bin müde vom Suchen.

Polina legt den Knöchel des Mittelfingers an die Schläfe.

- Spring ins Wasser! Das erfrischt.

Er schnuppert.

- Vielleicht später. Etwas riecht hier zauberhaft.

Polina spielt mit ihrem Fläschchen.

- Sicher meinst du mein Parfüm. Alle riechen es.

Craxi deutet auf eine wilde Rose.

- Manchmal sind es auch Blüten oder Blumen, die duften.

Melinda wispert Huch ins Ohr.

- Kann ich mit dir etwas besprechen?

Er fühlt ein Knistern in der Luft.

- Worum handelt es sich?

- Ich möchte, dass du mein Freund bist.

Eine Frau kommt mit großen Schritten.

- Hallo, ich bin Elina Bernauer.

Sie trägt ein glitzersteinbesetztes azurblaues Tüllkleid.

- Ich schwatze gern mit Freunden.

Casado reckt das Kinn.

- Hast du eine Katze gesehen?

Elina schiebt den kleinen Finger zwischen die Lippen.

- Es gibt viele Katzen.

Polinas Stimme klingt neugierig.

- Rennen sie am Strand unten herum?

Elina muss laut lachen.

- Nein, sie haben Schattenplätze unter Bäumen und schlafen.

Craxi schaut mit zusammengekniffenen Augen.

- Ist eine himbeerrote Katze dabei?

Sie wechselt vom Stand- aufs Spielbein

- Du scheinst sie zu kennen.

Er setzt eine heitere Miene auf.

- Nein. Als ich von der vermissten Katze hörte, habe ich mich sofort dem Suchteam angeschlossen.

Der Baum ist ein Bruder

Der Weg krallt sich an die Bergflanke. Huch steigt einen schulterschmalen Gang hinab.
In einer Felsnische steht eine Frau.

- Hallo, ich bin Joana Medina.

Sie trägt ein dunkles Kleid.
- Ich kann alles in Gold verwandeln.
Huch zieht die Augenbrauen hoch.
- Was? Alles?
Joana behält ihr Lächeln bei.
- Findest du das schwierig?
Er spreizt die Finger.
- Ich will nur sichergehen, dass ich mich nicht verhört habe.
Sie raunt bedeutungsvoll.
- Du bist ganz sicher. Weißt du warum?
Huch schiebt seinen Hut in den Nacken.
- Weil wir in einer unbeschreiblich schönen Landschaft sind.
Joana schaut ihm unverhohlen ins Gesicht.
- Das gebe ich gern zu. Die Umgebung spielt gewiss auch eine Rolle. Doch jetzt komme ich auf den wichtigsten Punkt zu sprechen. Ich bin auf deiner Seite.
Er dreht den Oberkörper.
- Das finde ich gut. Dann können wir zusammen hören,

wie die Vögel in den Bäumen singen.

Sie sticht mit dem Finger in die Luft.

- Hast du etwas zum Verwandeln?

Ein Mann schreitet forsch heran.

- Hallo, ich bin Xaver Aikido.

Er trägt Sandalen und bringt eine Gabel.

- Hoffentlich kannst du sie verwandeln. Ohne Gold macht das Leben einfach keinen Spaß.

Joana lächelt stolz.

- Ich brauche nicht viel zu tun.

Sie berührt die Gabel mit der Fingerspitze, verwandelt sie in Gold.

- Wie findest du das?

Aikido öffnet die Lippen.

- Ist das reines Gold?

Joana steht grazil da, ein Bein vor das andere gestellt.

- Ja, es ist Gold erster Güte.

Er atmet schneller.

- Dankeschön! Könntest du auch einen Holzfußboden in Gold verwandeln?

Sie biegt die Finger ein.

- Ja. Liebst du mich?

Aikido drückt den Rücken durch.

- Ja, ich würde dich gern heiraten.

Joana fängt an zu kichern.

- Sollen wir nicht zuerst deinen Boden in Gold verwandeln?

Aikido reibt sich vor Freude die Hände.

- Doch, das würde mir behagen. Ein goldener Boden ist

ein gutes Fundament für die Ehe.

Joana blickt Huch an.

- Komm mit! Du bist unser Gast.

Aikido führt sie zu seinem Haus am Fuß der Felsen.

- Es ist modern eingerichtet.

Joana steigt die Freitreppe zur Haustür hoch.

- Treten wir doch ein und sehen uns den Boden an!

Aus den Ritzen der Treppe wächst Gras.

Er drückt die Klinke.

- Ich wohne schon lange hier.

Sie neigt den Kopf leicht zur Seite.

- Du lachst kaum einmal.

Aikido öffnet ihr die Tür.

- Das kommt schon. In meinem Haus fehlt nämlich nichts.

Es ist mit Kühlschrank, Herd, Fernsehen und Bett ausge-
stattet.

Joana lässt Huch vorangehen.

- Wenn du dabei bist, fühle ich mich sicherer. Wirst du
mich immer beschützen?

Huch weicht mit dem Oberkörper zurück.

- Aber du heiratest doch Xaver. Er ist ein starker Mann.

Aikido tanzt um Joana.

- Genau, ich habe Kraft, bin ein guter Tänzer und gewähre
dir Schutz.

Er senkt seinen Blick.

- Verwandle endlich das Holz, und du machst mich stolz.

Joana berührt den Boden mit dem Finger.

- Das ist leicht für mich.

Der Holzfußboden wird zu Gold und glänzt.

Aikido legt die Hand darauf.

- Ich kann mir gut vorstellen, dass er jetzt wärmer ist.

Sie lässt ihren Oberkörper nach vorn kippen.

- Ist die Temperatur gestiegen?

Er bohrt mit den Augen Löcher in die Luft.

- Leider ist der Boden kälter als zuvor.

Eine Frau tippelt die Freitreppe hoch.

- Hallo, ich bin Selin Heisterkamp.

Sie trägt eine eidechsengrüne Kostümjacke und bringt einen hochroten Teppich.

- Ich bin gekommen, um etwas Wärme in dein Haus zu bringen.

Aikido dreht nur leise den Zeigefinger.

- Darauf warten wir.

Joana lässt das Becken wippen.

- Ich liebe das Rot.

Selin rollt den Teppich aus.

- Auf einen Schlag gewinnt ihr Wärme und Farbe.

Aikido setzt sich auf den Teppich.

- Ich genieße es.

Joana blickt Huch mit leicht gesenktem Kopf an.

- Findest du, dass Teppiche wichtig sind?

Er steckt die Hände in die Tasche.

- Ja, sobald jemand darauf sitzt, wirkt er lebendig.

Selin fragt Aikido.

- Hast du einen Tisch?

Er steht auf.

- Nein, ich habe nur Kühlschrank, Herd, Bett und Fernsehen.

50

Joana beugt den Oberkörper vor.

- Bist du sicher, dass du ohne Tisch auskommen willst?

Aikido streicht sich über dein Hinterkopf.

- Ich weiß es nicht wirklich.

Selin zwinkert.

- Vielleicht sollten wir einen suchen.

Joana verlässt das Haus.

- Das finde ich richtig. Machen wir uns auf den Weg!

Aikido folgt ihr.

- Wo gibt es Tische?

Selin fegt nur so die Freitreppe hinunter.

- Wir geben alles dafür, dir zu helfen.

Joanas Blick fällt auf Huch.

- Ich bin noch nie mit dir auf einer Suche gewesen.

Er entdeckt am Fuß der Felsen eine Kapelle.

- Möglicherweise steht darin ein Tisch, der nicht mehr gebraucht wird.

Aikido öffnet die Tür.

- Die Fenster sind jedenfalls offen.

Huch tritt ein.

- Lieber rühren wir nichts an.

Selin lächelt so auffordernd, als gelte es keine Zeit zu verlieren.

- Bitte nimm den Hut ab.

Er dreht den Kopf.

- Warum?

Sie unterdrückt ein Kichern.

- Weil wir eine Kapelle besuchen.

Aikido wedelt mit dem Finger in seine Richtung.

- Machen wir es nochmal. Du kommst raus, und bevor du

wieder eintrittst, ziehst du den Hut ab.

Huch kehrt um.

- Das ist ein ernsthafter Vorschlag.

Joana räkelt sich mit halb geschlossenen Augen.

- Ich hoffe, du genießt die Suche trotzdem.

Er lüpft den Hut.

- Ein bisschen Luft tut dem Kopf gut.

Aikido guckt sich um.

- Welchen Tisch magst du am liebsten?

Huchs Blick gleitet durch den Raum.

- Ich kann es fast nicht glauben, aber in dieser Kapelle hat es nur Bänke und gar keinen Tisch.

Selin schubst ihn an.

- Wir könnten zur Straße gehen. Dort stehen immer viele Möbel herum.

Durch einen Baumgarten steigen sie zur Straße hinunter. Der Duft der Aprikosen liegt in der Luft.

Joanas Augen blitzen.

- Hast du auch schon Aprikosen gepflückt?

Aikido gräbt die Hände tiefer in die Tasche.

- Nein, ich bin zum ersten Mal in diesem Baumgarten.

Sie wirft den Kopf in den Nacken.

- Soll ich dir eine pflücken?

Er schlägt erregt die Augen auf.

- Berühr den Baum lieber nicht.

Joana fasst eine Aprikose an. Der Baum verwandelt sich in Gold.

- Das ist ein Geschenk für dich.

Aikido umarmt den Baum.

- Kannst du das wieder rückgängig machen?

Ein Mann kommt vorbei.

- Hallo, ich bin Klaas Pick.

Er trägt ein grasgrünes Hemd.
- Soll ich den goldenen Baum zurückverwandeln?
Selin schiebt die Schulter ein bisschen nach hinten.
- Wir sind ein großartiges Team und könnten das gemeinsam entscheiden.
Joana zuckt nur kurz mit den Augenlidern.
- Der Baum ist unser Bruder. Ich bin dafür, dass du ihn wieder lebendig machst.
Aikido bewegt sich tänzerisch um den Baum.
- Ich bin überglücklich, wenn du das schaffst.
Pick hält kurz die Luft an.
- Was bedeutet das Wort überglücklich?

Schneewittchen und der Tiger

Eine Wolke ballt sich wie ein großer Schneeball. Auf einem Bergrücken über der Bucht wogt das Weizenfeld. Huch kommt an einem Palast vorbei. Die Wände schimmern in frischem Weiß. Ein Park mit riesigen Bäumen umgibt ihn. Der Kiesweg schlägt einen Bogen zu einem heruntergekommenen Wohnblock, wo ein kaputter Spielzeugtraktor vor einem ausrangierten Sofa liegt.
Eine Frau schlendert über den Weg.

- Hallo, ich bin Leni Marlet.

Sie trägt ein libellengrünes Kleid und bringt eine Achse mit Rädern.
- Soll ich die Achse auswechseln?
Huch senkt den Blick.
- Das würde mich beeindrucken.
Leni ersetzt die defekte Achse.
- Es ist leicht, den Wechsel vorzunehmen.
Sie prüft, ob der Traktor wieder rollt.
- Das wäre geschafft! Eine gute Achse gibt Sicherheit.
Ein Mann schiebt sich schneckengleich langsam um den Wohnblock herum.

- Hallo, ich bin Deniz Berry.

Er trägt Shorts.

- Ich sehe eine kaputte Achse. Woraus besteht sie?

Leni zuckt mit den Schultern.

- Ich denke, sie besteht aus Metall und Plastik.

Berry tigert unruhig um die Achse herum.

- Darf ich sie trennen und entsorgen?

Sie holt Luft.

- Es wird nicht leicht sein.

Er bückt sich.

- Ich bringe sie ins Entsorgungscenter. Oder hast du eine bessere Idee?

Leni schaut ihm ins Gesicht.

- Nein, ich finde deine Idee einleuchtend. Bist du auf ein Material allergisch?

Berry nimmt die Achse.

- Nein, zum Glück nicht.

Bevor er wegläuft, sagt er zu Leni.

- Du bist schön wie Schneewittchen.

Sie ruft ihm nach.

- Danke für das Kompliment!

Eine Frau nähert sich auf Zehenspitzen.

- Hallo, ich bin Schneewittchen.

Sie trägt ein schneeweißes Kleid und bringt ein Glücks-bändchen.

- Habt ihr eine Ahnung, warum der Mann gerannt ist?

Leni schnipst mit dem Finger.

- Er ist gut im Sport.

Schneewittchen schmiegt die Hand um Huchs Hüfte.

- Kannst du Stimmen nachmachen?

Er hebt die Augenbraue.

- Irgendwelche Stimmen? Oder denkst du an eine bestimmte?

Sie bindet ihm ein Glücksbändchen ums Handgelenk.

- Vielleicht die Stimme eines Katers.

Ein Mann tänzelt über den Kiesweg.

- Hallo, ich bin Robert Hallhuber.

Er trägt ein Cap.

- Ich kann wie ein Kater singen.

Leni zeigt einen Anflug von Lächeln.

- Das wollen wir hören.

Hallhuber miaut.

- War ich überzeugend?

Schneewittchen reckt den Kopf vor.

- Ich begreife nicht, was du damit bezweckst.

Er streichelt sich das Kinn.

- Mein Ehrgeiz ist es, Botschafter für die Katzen zu werden.

Leni klappt die Lider hoch.

- Hast du auch eine Botschaft?

Hallhuber legt sich aufs ausrangierte Sofa.

- Ja sicher. Die wichtigste Sache ist das Relaxen.

Schneewittchen hat Lachfältchen in den Augenwinkeln.

- Wie steht es mit Fußball spielen?

Er schenkt ihr im Schatten des halb geöffneten Lids einen schrägen Blick.

- Dazu bräuchten wir einen Ball.

Eine Frau kommt mit ausgreifenden Eisläuferschritten. Sie

prellt mit der Hand einen Fußball.

- Hallo, ich bin Fatima Eschenbach.

Sie trägt ein flammend grünes Halstuch.
- Darf ich euch meinen neuen Fußball zeigen?
Leni streift das Schläfenhaar hinter die Ohrmuschel zurück.
- Gern.
Fatima spielt ihr den Ball zu.
- Wenn du herausfinden willst, wie gut er ist, musst du schon einmal kräftig kicken.
Leni fängt ihn mit beiden Händen.
- Ich weiß nicht, ob das eine gute Idee ist. Es ist sehr unberechenbar, wohin so ein Ball fliegt.
Schneewittchen stützt die angewinkelten Arme auf das Becken.
- Nur Mut! Ein guter Schuss versetzt dich in Hochstimmung.
Hallhuber räkelt sich wie eine Katze.
- Er wird dir viel Spaß machen.
Leni setzt den Ball auf den Kiesweg, nimmt Anlauf und tritt ihn hoch in die Luft.
- Es gibt viele Orte, wo er landen könnte.
Der Ball fliegt in hohem Bogen in die Wiese, rollt den Hang hinunter.
Schneewittchen läuft hinterher.
- Werden wir ihn wieder finden?
Hallhuber springt vom Sofa.
- Ich möchte an der Suche teilnehmen.
Fatima setzt zum Spurt an.
- Wir brauchen dich.

Leni rennt los.

- Der Hang fällt sehr steil ab.

Huch trippelt hinter ihr her.

- Das ist möglicherweise kein ideales Fußballfeld.

Ein Wiesenweg führt durch den Hang. Huch sieht ein verknittertes Couvert im Gras vor einer Baumgruppe liegen, bleibt stehen.

Eine Frau läuft auf ihn zu.

- Hallo, ich bin Josefine Timmermann.

Sie trägt ein kurzes Glitzerkleid und eine Handtasche.

- Vermutlich hast du eine Glückssträhne.

Er legt den Zeigefinger vor das Kinn.

- Ich? Wieso?

Josefine verzieht die Lippen zu einem Lächeln.

- Nun, du trägst ein Glücksbändchen und hast das Couvert gefunden.

Huch wirft einen Blick darauf.

- Das ist ein alter Umschlag.

Sie bekommt leuchtende Augen.

- Bitte heb ihn auf!

Er beugt sich sehr weit nach vorn.

- Das könnte wie im Basketball sein. Der Ball liegt am Boden, und jemand ergreift ihn.

Ein Mann tigert mit federnden Schritten durch den Hang.

- Hallo, ich bin Edgar Schirner.

Er trägt eine Trainingshose.

- Darf ich den Brief aufnehmen?

Josefine guckt schelmisch hinter dem Haar empor.

- Ja gern, du siehst sportlich aus.

Schirner bückt sich.

- Ich bin wirklich gut trainiert und fleißig.

Sie federt in den Knien.

- Hast du auch noch andere Eigenschaften?

Er klemmt das Couvert zwischen Daumen und Zeigefinger.

- Ja, ich kann Umschläge auflesen und in die Tasche stecken.

Sie fragt Huch.

- Ist das auch in deinem Sinn?

Er dreht sich nach ihr um.

- Ja, das hilft uns.

Schirner nimmt das Couvert auf.

- Es ist ziemlich schwer. Wenn ich dürfte, würde ich es am liebsten öffnen.

Josefine streckt die Arme in die Luft.

- Sehr gerne! Ich wüsste nicht, wo ich anfangen sollte.

Schirner klaubt das Taschenmesser hervor, klappt es auf.

- Ich schon.

Er schlitzt den Umschlag auf.

- Ich frage mich, was drin ist.

Viele kleine Geldscheine kommen zum Vorschein.

Sie richtet die Augen auf die Noten.

- Wir haben etwas Unerwartetes gefunden.

Schirner drückt die Oberschenkel zusammen.

- Wollen wir das Geld teilen und in unsere Brieftaschen legen?

Josefine öffnet ihre Handtasche.

- Was für ein guter Vorschlag!

Huch grätscht die Waden nach außen.

- Ich möchte kein Geld.

Schirner zählt die Scheine.

- Das ist schade.

Sie nimmt die Hälfte entgegen.

- Dritteln würde uns mehr Spaß machen als halbieren.

Er wirft einen letzten Blick auf Huch.

- Bevor wir gehen, möchten wir dir danken, dass du uns deinen Anteil überlassen hast.

Josefine legt die Hand wie eine Muschel hinter das Ohr.

- Ich höre ein Geräusch.

Schirner hebt das Kinn.

- Ich bin mir nicht sicher, was es ist.

Ein großer weißer Tiger kommt aus dem Schatten der Baumgruppe.

Josefine eilt mit weit ausgreifenden Schritten davon.

- Ich hole eine Kamera.

Schirner hüpft den Hang hinab.

- Ich liebe Sport und laufe dir nach.

Huch blickt den Tiger neugierig an.

- Du bist besser in Form als ich.

Die Hütte in der Wiese

Ein Taubenschwarm malt Muster an den Himmel. Das Gelände ist steil, das Gras trocken. Die Sonne strahlt wärmend. Huch wandert zum Wald.
Im Schatten der ersten Bäume steht eine Frau.

- Hallo, ich bin Alva Alami.

Sie trägt kleine und enge Schuhe.
- Ich stecke in den Kinderschuhen.
Huch zieht die Brauen nach oben.
- Was hast du vor?
Alva klammert sich an einen Ast.
- Ich suche eine kleine Felsenquelle. Dort möchte ich meine Füße waschen.
Ein Mann stapft zum Wald hinauf.

- Hallo, ich bin Laurin Ipsen.

Er trägt einen orangegelben Bademantel.
- Ich bin sehr glücklich, dass ich euch den Weg zeigen darf.
Alva wedelt mit der Hand.
- Dann brechen wir gleich auf.
Huch schenkt ihr einen ernsten, ein wenig sorgenvollen Blick.

- Kannst du in den Schuhen gehen?

Sie hält ihn am Arm fest.

- Wenn du mitkommst, schaffe ich es.

Ipsen schreitet über den bemoosten Waldboden.

- Das sehe ich auch so.

Vogelstimmen erfüllen den Hallraum unter den mächtigen Wipfeln. Die kleegrün schimmernden Blätter rauschen.

Alva befeuchtet mit der Zunge die Unterlippe.

- Wo ist die Quelle?

Ipsen hebt die linke Augenbraue.

- Der Pfad führt durch die Felsen. Kannst du das Gleichgewicht halten?

Sie senkt die Wimpern.

- Ja, aber ich möchte Blumen.

Eine Frau erklimmt die Serpentinen.

- Hallo, ich bin Felicia Mandarin.

Sie trägt ein lichtgrünes, besticktes Gewand und bringt einen Lavendelstrauß.

- Die Felder sind voller Lavendel.

Alva riecht an den Blüten.

- Mein Traum ist wahr geworden.

Ipsen winkelt die Arme an.

- Willkommen. Du darfst mit uns gehen.

Felicia schenkt den Strauß Alva.

- Danke. Ich bin gern dabei.

Oben in den Felsen hören sie das silberhelle Plätschern der Quelle. Aus einem Spalt fällt das Wasser in ein kleines Felsenbecken.

Alva setzt sich, taucht die Füße ein.

- Die Erkundung hat sich gelohnt.

Die Schuhe werden durchsichtig, lösen sich auf.

Sie lässt ihr Bein vorschnellen, als säße sie auf einer großen Schaukel.

- Ihr seid meine Freunde. Ihr habt mir geholfen.

Ipsen beugt sich leicht nach vorne.

- Ich würde dich gern heiraten.

Alva springt auf.

- Das freut mich!

Felicia hüpft auf und ab.

- Ich mache euch einen Kaffee.

Sie folgen dem murmelnden Gießbach, bis sie zu einer Blumenwiese kommen.

Ein ziegelrotes Spitzgiebeldach ragt auf.

Alva läuft barfuß durch die Gräser.

- Was ist das für ein Haus?

Felicia eilt zur Veranda.

- Es gehört mir. Kommt rein.

Glyzinen umranken den Eingang. Bienen summen.

Ipsen bleibt auf der Schwelle stehen.

- Wir sind noch nicht vollständig.

Er winkt mit nach unten gedrehten Handflächen Huch zu sich heran.

- Komm! Mach dir wegen den Bienen keine Sorgen. Sie fliegen nur zu den Blüten.

Huch verweilt auf der Weide.

- Ich habe Bienen gern, möchte mir aber noch die Schafe ansehen.

Alva hängt am Treppengeländer herum.

- Tiere gefallen dir.

Er schickt ihr ein Lächeln zu.

- Ja, ich kann eine Menge von ihnen lernen.

Felicia sagt augenzwinkernd.

- Am Waldrand leben einige Rehe.

Huch betrachtet ein wollschwarzes Schaf.

Ein Mann kundschaftet die Blumenwiese aus.

- Hallo, ich bin Bjarne Tanner.

Er trägt einen maisgelben Cowboyhut und eine enzian-blaue Krawatte.

- Gibt es hier Kaffee?

Huch weißt auf das spitzgieblige Haus.

- Frag einmal dort nach.

Tanners Blick wandert hin und her.

- In welchem Stock?

Huch zeichnet mit dem Zeigefinger die Veranda nach.

- Der Eingang befindet sich im Erdgeschoß.

Tanner zeigt beim Lächeln alle Zähne.

- Danke. Möchtest du eine Krawatte?

Huch antwortet mit gesenkten Lidern.

- Das will gut überlegt sein. Ich brauche etwas Zeit zum Nachdenken.

Tanner bewegt sich in großen Sprüngen fort.

- Nur nichts überstürzen. Ich trinke zuerst einen Kaffee und dann unterhalten wir uns in aller Ruhe.

Huch schlendert den langgezogenen Wiesenweg hoch.

- Du kannst dir Reihenfolgen gut vorstellen.

Eine großflächige Reklametafel lehnt gegen die Wand

einer kleinen Hütte. Darauf steht „Huch-Cola". Eine Frau kommt ins Freie.

- Hallo, ich bin Leonora Bak.

Sie trägt ein erdbeerrotes Flatterkleid.
- Kannst du einen Nagel in die Wand singen?
Huchs Hände wägen jedes gesprochene Wort sorgfältig ab.
- Ich denke, wenn jemand so ein einschlagendes Lied singt, darf er einfach nicht aufgeben, bevor der Nagel steckt.
Leonora fasst sein Handgelenk.
- Bist du sicher, dass es so funktioniert?
Ein Mann spaziert durch die Blumenwiese.

- Hallo, ich bin Carlo Dor.

Er trägt einen Ledermantel und bringt 4 goldene Nägel.
- Darf ich die Nägel in die Wand singen?
Leonora richtet die Reklametafel.
- Das würden wir leidenschaftlich gern sehen.
Dor legt los.
- Dieses Lied ist für euch.
Seine Stimme widerhallt im Hang.
Die Nagelspitzen bohren sich durch die Reklametafel, dringen bis zum Kopf ins Holz.
Leonora guckt ihn begeistert an.
- Dankeschön. Du hast uns geholfen.
Ein Lächeln schleicht sich in sein Gesicht.

- Manche nehmen den Hammer. Ich ziehe es vor zu singen.

Leonora sieht die Uhrkette an Huchs Weste blitzen.

- Hast du eine richtige Taschenuhr?

Er hat einen eigenen Zug um den Mund.

- Ich weiß nicht, ob sie richtig ist. Sie scheint einfach Spaß am Ticken zu haben.

Dor dreht den Kopf.

- Sogar einfache Uhren können exakt die Zeit angeben. Darf ich sie einmal sehen?

Huch klaubt sie hervor.

- Hoffentlich ist sie nicht stehen geblieben.

Dor bückt sich.

- Das ist eine perfekte Uhr.

Er bläht die Backen auf, pustet sie an.

- Sie ist nur leicht verstaubt.

Staub weht Huch ins Gesicht.

- Was für eine Wolke!

Leonora legt Huch die Hand auf die Schulter.

- Es ist zwar eine alte Uhr, aber jetzt glänzt sie wie neu.

Dor hustet.

- Gib mir bitte ein Glas Wasser.

Sie holt einen Stuhl aus der Hütte.

- Bitte setz dich und warte.

Er thront mit kerzengeradem Rücken auf dem Stuhl.

- Ich war noch nie so durstig in meinem Leben. Hast du kein Wasser in der Hütte?

Leonora wackelt mit ihrem Kopf.

- Nein. Ich habe keinen Tropfen.

Dor ist verwirrt.

- Aber wir haben doch eine Reklametafel für „Huch-Cola"
aufgehängt.
Sie schließt die Augen.
- Du hast Recht. Die Tafel ist irreführend. Wir sollten sie
wieder entfernen.
Er tippt mit dem Zeigefinger an die Stirn.
- Eine Reklame für Stühle wäre besser.
Eine Frau eilt mit federnden Schritten über die Wiese.

- Hallo, ich bin Adriana Galante.

Sie trägt pfaugrüne Leggings und bringt eine neue Re-
klametafel.
- Es gibt keinen freien Platz mehr an der Hüttenwand.
Wollen wir die alte Tafel entfernen?
Leonora winkt sie mit dem Zeigefinger herbei.
- Ja. Das packen wir an.
Dor springt auf.
- Gibt es hier eine Zange?
Ein Mann bummelt über die Blumenwiese.

- Hallo, ich bin Otto Baxter.

Er trägt Jeans und bringt eine Zange.
- Wohnt ihr zusammen in der Hütte?
Leonora schlägt die Augen auf.
- Nein, nur ich allein.
Baxter fährt sich mit der Zunge über beide Lippen.
- Wenn du dich einsam fühlst, könnte ich bei dir einziehen.
Sie lächelt mit strahlenden Augen.

- Ihr könnt alle bei mir bleiben.

Er spielt mit der Zange.

- Danke. Dann bist du nicht mehr einsam.

Lesen überrascht

Die Sonne drückt die Wolken in die Berge fort. Flechten schimmern im Wald. Huch betrachtet die Felsen. Sie sind von grünschwärzlichem Moos überwachsen. Eine riesige Ameisenstraße quert den Weg.

Auf einer Lichtung kommt eine Frau aus einem zartgelben Holzhaus.

- Hallo, ich bin Lydia Munro.

Sie trägt einen goldenen Overall.

- Darf ich dir mein Haus zeigen?

Huch lässt die Arme locker baumeln.

- Ja gern.

Lydia führt ihn in den Eingangsraum. Die Decke ist hoch.

- Wie geht es dir?

Er schaut die Fotos an den Wänden an.

- Ich denke, ich bin gut unterwegs.

Sie öffnet einen Saal.

- Hast du Hunger? Soll ich etwas zu essen besorgen?

Der Boden knarrt. Über einer Holztheke glänzen Gläser. Die Wände bestehen auch aus Holz, sind mit Bildern vollgehängt, vollgeklebt und vollgenagelt.

Ein Lächeln huscht über sein Gesicht.

- Danke, im Moment bin ich kein bisschen hungrig.

Eine Schweizer Flagge vergilbt mit ihrem einsamen fallschirmweißen Kreuz auf fliegenpilzrotem Grund.

Lydia steigt eine Treppe hoch.

- Weißt du, wo diese Treppe hinführt?

Huch legt den Unterarm über die Stirn.

- Ich höre Blätter rascheln.

Sie stößt eine Luke auf.

- Du hast gute Ohren. Wir sind auf dem Dach, direkt unter den Wipfeln.

Efeu umrankt die Stämme. Moos bedeckt die mächtigen Äste der Baumkronen.

Lydia schnippt mit dem Finger.

- Hast du noch nie eine Freundin gehabt?

Er klettert aufs Dach, blickt in die Runde.

- Wie meinst du das?

Sie schiebt die rechte Schulter vor.

- Das war ein Scherz.

Huch entdeckt eine Miniaturbahn, die sich verschlungen zu einem Springbrunnen hinunter windet.

- Was ist das für eine Anlage?

Lydia wiegt sich in den Hüften.

- Du kannst Münzen in die Tiefe kullern lassen. Du hast doch sicher etwas Kleingeld dabei, oder nicht?

Er legt ein Lächeln auf seine Lippen.

- Ich habe nicht darüber nachgedacht, ob ich Geld mitnehmen soll. Aber du bringst mich auf die Idee.

Ein Mann springt aus dem Baumwipfel.

- Hallo, ich bin Janosch Flipflop.

Er trägt eine eisvogelblaue Hose.

- Ich habe das Geld bereits im Sack.

Lydia fragt ihn mit ausgesuchter Freundlichkeit.

- Was wünschst du dir?

Flipflop lässt eine Münze hinunterrollen.

- Ich hätte gern Marmelade.

Die Bahn klingt wie ein Glockenspiel.

Lydia lacht perlend.

- Ist dir jede Konfitüre recht? Oder hast du einen bestimmten Wunsch?

Er wischt sich mit der Handkante die Lippe ab.

- Ich bin versessen auf Aprikosenmarmelade.

Die Münze klitscht ins Becken des Springbrunnens.

Eine Frau schreitet sehr würdig unter den Bäumen durch.

- Hallo, ich bin Zehra Eickhoff.

Sie trägt ein ginstergelbes Sommerkleid und bringt ein Glas Aprikosenkonfitüre.

- Ich habe sie selbst gemacht.

Flipflop bestreicht mit dem Finger den Mund.

- Ich möchte sie gern probieren.

Zehra kichert glockenhell.

- Das freut mich. Ich habe sie extra für dich gekocht.

Er fragt mit lauter, leicht kippender Stimme.

- Wie steige ich am schnellsten runter?

Lydia deutet auf eine Leiter.

- Die Feuerleiter macht es möglich.

Flipflop trippelt die Sprossen herab.

- Wie kommt man zu soviel feiner Marmelade?

Ein stolzes Lächeln huscht über Zehras Gesicht.

- Die Aprikosenbäume tragen viele Früchte.

Lydia senkt den Blick.

- Manche Leute glauben, dass Aprikosenkonfitüre Glück bringt.

Zehra taucht einen goldenen Löffel in die Marmelade.

- Was wirklich passieren kann, ist wie ein lustiger Traum.

Flipflop schiebt die Arme leicht nach vorn.

- Wie wirkt sich das aus?

Sie reicht ihm den Löffel.

- Du verwandelst dich in einen Raben.

Er schleckt den Löffel ab.

- Dann kann ich ja fliegen?

Zehra spreizt die Finger ihrer linken Hand weit auseinander.

- Ohne meine Konfitüre würdest du es nie lernen.

Flipflop bekommt Flügel, ein klavierschwarzes Federkleid, wird zum Raben.

- Glaubt ihr, dass Tiere eine Seele haben?

Lydia verschließt die Augen etwas länger als gewöhnlich beim Blinzeln.

- Ganz sicher! Seelenlose Lebewesen gibt es nicht.

Zehra zeigt beim Lächeln die strahlenden Zähne.

- Vögel neigen dazu, auf die Menschen herabzusehen. Hoch oben in der Luft passiert das eben. Aber du darfst nie überheblich werden.

Flipflop hüpft und krächzt.

- Nein, ich bleibe hilfsbereit und zugewandt.

Er spannt die Flügel, flattert durch die Wipfel und fliegt davon.

- Meldet euch, wenn ihr etwas braucht.

Lydia ruft ihm nach.

- Sei fröhlich und mach dir keine Sorgen.

Zehra streckt die Hände in Halshöhe aus.

- Kommt zu mir hinunter. Ich würde gern meine Marmelade mit euch teilen.

Lydia steigt durchs Haus vom Dach.

- Ich esse lieber Schokoladeneis.

Huch folgt ihr.

- Hast du ein bestimmtes Rezept?

Sie tritt unter die Bäume.

- Nein, ich möchte die Glace geschenkt bekommen. Natürlich bietet es Vorteile, das Eis selber zu machen. Die Zutaten sind frisch und du kannst bestimmen, woher sie kommen. Aber manchmal hast du einfach Lust, etwas zu genießen, ohne einen Finger zu rühren.

Zehra schiebt den Kopf vor.

- Wovon redet ihr?

Lydia lächelt verschmitzt.

- Vom Eis. Ich hätte gern Schokoladeneis.

Ein Mann kommt durch den Wald.

- Hallo, ich bin Mikail Melier.

Er trägt Cargo-Shorts und bringt eine Kühlbox.

- Gerne biete ich dir eine Glace an.

Sie richtet sich auf, zeigt mit dem Zeigefinger in die Luft.

- Kannst du uns den Unterschied zwischen selbstgemachtem und gekauftem Eis beschreiben?

Melier öffnet die Box.

- Ja sicher. Meine Glace ist einfach gut und daher überall

willkommen.

Lydia langt in die Box.

- Das überzeugt mich.

Sie wählt ein Schokoladeneis.

- Es sieht perfekt aus.

Melier wendet sich an Zehra.

- Und du? Willst du deine Konfitüre auslöffeln?

Sie schraubt den Deckel zu, legt den Löffel darauf und stellt das Glas auf den Brunnenrand.

- Nein, ich möchte auch eine Glace.

Er hält ihr die Box hin.

- Greif zu. Es hat auch Erdbeere, Vanille und Mokka.

Zehra nimmt ein Vanilleeis.

- Es gibt nur ein Problem. Was machen wir mit der Verpackung?

Eine Frau rollt einen Häcksler heran.

- Hallo, ich bin Aria Coupon.

Sie trägt Sportleggings.

- Gebt mir die Verpackung. Mein Häcksler schluckt sie und verarbeitet sie zu reiner Gartenerde.

Lydia packt ihre Glace aus.

- Ich würde gern sehen, wie er funktioniert.

Zehra reicht Aria das Papier von ihrem Vanilleeis.

- Du hast eine gute Entsorgung entdeckt.

Aria schaltet den Häcksler ein.

- Danke! Gartenerde ist lebenswichtig. Das ist einer meiner Grundsätze.

Sie strahlt Huch an.

- Mit dir könnte ich glücklich leben.

Er sagt mit einem vorsichtigen Lächeln.

- Jeder ist glücklich, wenn du ihm hilfst.

Aria schiebt die Papiere in den Häcksler.

- Aber du hast gar nichts zum Entsorgen.

Ein Mann schlendert durch den Wald.

- Hallo, ich bin Mustafa Mumford.

Er trägt lange Hosen.

- Es gibt immer etwas zu häckseln.

Lydia hat in den Augen ein blitzendes Lachen.

- Warum? Hast du Schokolade gegessen?

Mumford drückt Huch einen Brief in die Hand.

- Nein, ich bringe Altpapier.

Er legt ihm die Hand auf die Schulter.

- Schon stehst du nicht mehr mit leeren Händen da.

Huch öffnet den Brief, liest.

- Ich hoffe, dass niemand den Umschlag aufmacht.

Zehra presst Huch an sich.

- Nimm den Satz nicht ernst. Du hast den Brief ja versehentlich geöffnet.

Die Stille am See

Lichte freie Wolken ziehen am Himmel dahin. Huch betrachtet das Wandern der Schatten über ihren gewundenen Bauch, merkt sich die unmerklichen Übergänge vom Blütenweiß ins Hellblau.
Eine Frau tritt ruhig und gelassen auf.

- Hallo, ich bin Mathilde Murre.

Sie trägt ein Matrosenkleid.
- Es freut mich, dich zu sehen.
Huch macht einen Ausfallschritt.
- Danke.
Mathilde sieht ihn lang und prüfend an.
- Willst du eine Pflaume?
Er atmet durch.
- Wenn ich Hunger hätte, würde ich eine Pflaume wirklich schätzen.
Ein Mann rutscht den Hang hinunter.

- Hallo, ich bin Maurice Kuck.

Er trägt eine Jacke.
- Ich liebe Pflaumen.
Mathilde spreizt den kleinen Finger ab, als würde sie eine Tasse Tee trinken.

- Dann lade ich euch ein. Kommt in meinen Baumgarten.

Ein schmaler Weg führt zu den hochstämmigen Pflaumen-bäumen mit ausladenden Wipfeln. Die Sonne glitzert durch die Blätter.

Sie geht voran.

- Es sieht aus wie in einem Wald.

Kuck kneift die Augen zusammen.

- Wir bräuchten eine Leiter.

Mathilde weist auf eine rostige Rolltreppe.

- Was sagt ihr dazu?

Kuck stutzt bei dieser Frage einen Moment lang.

- Mir fällt nichts ein.

Sie wendet sich an Huch.

- Hast du eine Idee?

Er schaut die Rolltreppe an.

- Willst du damit hochfahren?

Mathilde weist mit der Hand und dem abgewinkelten Zei-gefinger in seine Richtung.

- Du bist ein kluger Kopf.

Sie drückt auf einen Knopf.

- Ich bin genug gut eingerichtet.

Die Rolltreppe quietscht.

Kuck stellt sich auf eine Stufe.

- Liebst du mich?

Sie tritt hinter ihn.

- Ja sicher, wenn du mir bei der Ernte hilfst.

Die Rolltreppe bringt sie in den Wipfel hoch.

Kuck ruft Huch zu.

- Du kannst auch kommen. Die Anlage ist sicher.

Huch sagt mit einem Lächeln auf den Lippen.

- Ich betrachte einmal die Bäume von unten.

Mathilde springt auf einen dicken Kronenast.

- Wir sollten zusammenbleiben. Weißt du, wir sind ein Team.

Kuck steigt neben ihr in den Baum.

- Die Fahrt ist kurzweilig. Ich kann sie nur empfehlen.

Sie beugt sich herab.

- Du magst die Rolltreppe, oder?

Huch spaziert durch den Pflaumenwald.

- Sie schaut gut aus.

Eine Frau lehnt an einem Baum.

                              - Hallo, ich bin Eleonora Gatti.

Sie trägt einen Schleier und kippt ein Stundenglas in der Hand.

- Wie lange dauert es wohl, bis du auf die Rolltreppe gehst?

Der Sand rieselt.

Huch spreizt die Finger.

- Wie schätzt du das ein?

Eleonora streift den Schleier zurück.

- Ich finde, du solltest dir diese Gelegenheit nicht entgehen lassen.

Er streicht mit dem Zeigefinger über den Nasenflügel.

- Ich habe Pflaumen gern, kann aber nicht zu viele aufs Mal essen.

Sie beginnt zu lächeln.

- Hol dir einfach eine und genieße sie.

Huch blickt durch die Bäume zum Himmel empor.

- Ein Riese könnte sie ohne Rolltreppe pflücken.

Eleonora schüttelt leicht den Kopf.

- Soll ich dir eine holen?

Ein Mann läuft mit ausgestreckten Armen durch den Baumgarten.

- Hallo, ich bin Alessandro Strong.

Er trägt ein bis oben zugeknöpftes Hemd.

- Ihr werdet es kaum glauben, wie schnell ich beim Pflücken bin.

Sie schaut sich um.

- Kannst du mir auch eine Silberdistel bieten?

Strong steigt den Hang hinunter.

- Das ist genau die Blume, die ich euch zeigen wollte.

Huch hebt fragend die Brauen.

- Warum?

Strong blinzelt in die Sonne.

- Weil ich sicher bin, dass sie euch gefällt.

Huch hebt die Hände auf Schulterhöhe.

- Sicher? Wie kommst du darauf?

Strong schiebt die Unterlippe vor.

- Ich muss schon sehr bitten. Ihr seid meine Freunde, und ich weiß doch, womit ich euch eine Freude machen kann.

Eleonora stößt Huch in die Rippen.

- Wir gehen mit Alessandro.

Strong öffnet die knarrende Gittertür. Der Garten liegt direkt am See.

- Spitzt die Ohren.

Ein Vogel singt. Eleonora lauscht.

- Ist das eine Amsel oder eine Drossel?

Er verschränkt die Arme hinter dem Rücken.

- Das ist eine Amsel.

Ein Rosmarinstrauch duftet.

Strong geht um die Blütenzweige herum.

- Und da haben wir die Distel.

Eleonora bückt sich.

- Blumen in der Vase mag ich nicht besonders. Aber wenn sie im Garten wachsen, habe ich sie sehr gerne.

Ein Lächeln schleicht sich in Strongs Gesicht.

- Es hat einen Tennisplatz. Wollt ihr spielen?

Sie springt wie ein Gummiball.

- Ja, ich bin gut im Tennisspielen.

Strong schlägt einen Kiesweg ein.

- Ihr bringt Leben in den Garten.

Eleonora hüpft hinterher.

- Fürs Tennis habe ich immer Zeit.

Sie schaut über die Schulter zurück.

- Komm! Ich kann mir vorstellen, dass wir 2 bewundernswert zusammen spielen können.

Huch blickt auf den See hinaus.

- Das könnten wir ausprobieren. Ich guck mich nur noch ein bisschen um. Vielleicht sehe ich einen Schwan.

In Ufernähe glitzern quarzweiße Kiesel auf dem Grund. Libellen schwirren übers Wasser.

Eine Frau wandelt durch den Garten.

- Hallo, ich bin Samantha Britz.

Sie trägt ein Kleid aus smaragdgrünem Brokat.

- Ich kann keine Kerze finden.

Huch legt die Hand über die Schläfe.

- Was für eine suchst du?

Ein Mann dringt aus einem kleinen Gehölz.

- Hallo, ich bin Jakob Zapp.

Er trägt ein safrangelbes Polohemd und bringt eine Bienenwachskerze.

- Entschuldigt die Störung!

Samantha sperrt die Augen auf.

- Du störst nicht. Wir brauchen unbedingt eine Kerze.

Zapp scheint die Sonne ins Gesicht.

- Du hast eine singende Stimme.

Sie dreht sich um die eigene Achse.

- Du machst einen Witz.

Er gibt ihr die Kerze.

- Nein, ich habe ein Ohr für Stimmen.

Samantha lässt ihre Arme fliegen wie Schmetterlinge.

- Hast du auch Zündhölzer?

Zapp stellt die Unterlippe vor.

- Was für Zündhölzer möchtest du?

Sie stockt, überlegt einen Moment lang.

- Gibst du mir ein Zündbriefchen aus Recyclingkarton?

Er kramt in den Hosentaschen.

- Ich weiß nicht, wo es hingekommen ist.

Eine Frau schreitet mit geradem Rücken durch den Garten.

- Hallo, ich bin Tara Elvira.

Sie trägt helle Leggings und bringt ein Zündbriefchen.

- Suche nicht länger. Alles wird gut.

Samantha stützt die Schläfe gegen den Handrücken.

- Ich bin dir sehr dankbar.

Zapp zieht eine Augenbraue in die Höhe.

- Wo stellen wir die Kerze hin?

Sie bietet sie Huch an.

- Möchtest du sie halten?

Er heftet die Augen auf die Kerze.

- Das ist freundlich, dass du mich fragst.

Tara lächelt mit hochgezogenen Wangen.

- Seid ihr verheiratet?

Samantha schlägt die Hände vors Gesicht und lacht.

- Nein, wir haben uns im Garten getroffen. Es ist unglaublich ruhig. Deshalb mögen wir den Ort.

Tara zwinkert Huch zu.

- Und was habt ihr in aller Stille vorgehabt?

Er lehnt zurück.

- Was denkst du?

Sie tippt ihm auf die Schulter.

- Eine Kerze anzünden.

Die Linie auf der Straße

Huch geht auf einer holperigen Straße. Am Rand der Stadt steht ein Haus.

Eine Frau kleistert ein Plakat an die Wand. Es wirbt für ein kurkumagelbes Fahrrad.

- Hallo, ich bin Arina Sinclair.

Sie trägt einen mohnroten Rock.
- Klebt es gerade oder etwas schief?
Er lenkt den Blick aufs Plakat.
- Es sieht aus, als wäre es gerade.
Arina schlägt die Augen auf und lächelt.
- Vor dir auf der Straße ist eine Linie.
Huch neigt den Kopf.
- Es entspannt, wenn man sie anschaut.
Sie hüpft durch die Luft.
- Wenn du sie übertrittst, bist du in der Stadt.
Er legt die rechte Hand aufs Herz, verbeugt sich leicht.
- Ah, dann bin ich jetzt noch gar nicht in der Stadt.
In Arinas Stimme liegt ein leises Vibrieren.
- Nein, bist du nicht.
Huch balanciert auf der Linie.
- Danke, dass du mich darauf hinweist.
Sie springt darüber, dreht sich um.
- Ich möchte jetzt nicht allein in der Stadt sein.

Ein Mann huscht herbei.

- Hallo, ich bin Marten Womack.

Er trägt apfelgrüne Jeans.
- Mit dir in der Stadt hätte ich den größten Spaß meines Lebens.
Arina schaut ihn an.
- Ja nun, wenn es dich vergnügt, trittst du über die Linie.
Womack schlenkert mit den Armen.
- So leicht ist das?
Sie holt tief Luft.
- Ja, du musst einfach darüber gehen. Ich kann sie nicht wegwischen.
Er macht einen Schritt.
- Eine Linie zu überschreiten ist wirklich aufregend.
Arina fährt sich durchs Haar.
- Willkommen in der Stadt! Über was willst du mit mir reden?
Womack schließt alle Finger einer Hand.
- Ich weiß es nicht.
Eine Frau schlendert vorbei.

- Hallo, ich bin Janna Heli.

Sie trägt Riemchenpumps.
- Wir könnten über Fahrräder sprechen.
Womack deutet aufs Plakat.
- Soll ich mit einem kurkumagelben Velo fahren?
Arina beugt leicht das Knie.

- Nein, nimm lieber ein karibikblaues.

Ein Mann stürmt über die holperige Straße.

- Hallo, ich bin Yigit Mill.

Er trägt dunkelgrüne Hosen und schiebt ein karibikblaues Fahrrad.

- Wenn du noch nie mit so einem Velo gefahren bist, empfehle ich dir, dich sofort auf den Sattel zu schwingen.

Womacks Arme wippen.

- Danke. Das mache ich gern.

Er setzt sich aufs Rad.

- Diese Straße ist in Reparatur.

Arina faltet die Hände vor dem Bauch.

- Davon merkst du kaum etwas. Das Velo ist gefedert.

Womack tritt in die Pedale.

- Dann wird es ein leichtes Spiel.

Janna ruft ihm nach.

- Du wirst wunschlos glücklich sein.

Mill zieht die Schulter zurück und das Kinn hoch.

- Ich habe einen Wunsch.

Eine Frau tritt aus dem Schatten des Hauses.

- Hallo, ich bin Naomi Kendall.

Sie trägt ein samtrotes Kostüm und hält ein Schild hoch. Darauf steht die Frage.

- Was willst du?

Er sticht mit dem Finger in die Luft.

- Ich hätte gern eine Tasse Kaffee.

Naomi stellt das Schild ab.

- Ich würde mich freuen, wenn ihr mit mir kommt.

Arina atmet durch.

- Wohin?

Naomi deutet auf eine Scheune.

- Dort gibt es Kaffee.

Janna zieht leicht den Mundwinkel nach oben.

- Du scheinst dich auszukennen.

Naomi spreizt die Beine.

- Nein, überhaupt nicht! Aber ich kann den Kaffee von weitem riechen.

Mill geht federnden Schrittes voran.

- Wir vertrauen dir.

Arina sagt mit einem Augenzwinkern zu Huch.

- Wir laden dich ein.

Er spreizt den kleinen Finger ab.

- Ich bin nicht sehr durstig.

Janna streicht ihm über die Schulter.

- Kaffee trinken ist ein Genuss.

Mill bleibt stehen, wendet den Kopf.

- Es gibt auch winzige Espressotassen. Sie sind kleiner als ein Fingerhut.

Naomi lässt den Blick unverwandt auf Huch ruhen.

- Hast du jemals aus so einer Minitasse getrunken?

Seine Füße kommen ins Wippen.

- Kleiner als ein Fingerhut dünkt mich eher untertrieben.

Arinas Hand berührt Huchs Arm.

- Wir können es zwar nicht garantieren, aber unter Umständen brauchen wir eine Lupe, um die Tasse zu sehen.

Janna geht zum Scheunentor, klopft.

- Ist jemand da?

Ein Mann schiebt das Tor auf.

- Hallo, ich bin Ryan Gobi.

Er trägt eine capriblaue Baseballmütze.

- Was darf ich euch anbieten?

Mill atmet gierig den Duft ein.

- Kaffee wäre hoch willkommen.

Er lauscht dem leisen Ticken.

- Was tönt da?

Gobi tritt zur Seite.

- Das ist meine Kaffeemaschine. Sie ist extrem zuverlässig wie eine Uhr. Darum tickt sie.

Er weist zur Treppe.

- Kommt auf meine Dachterrasse.

Naomi steigt die Holztreppe hoch.

- Ich freue mich auf die Aussicht.

Arina schiebt sich an Gobi vorbei.

- Für mich ist Treppensteigen wie ein Sport. Man steckt sich ein höheres Ziel und kommt tatsächlich auch an.

Janna streckt das Bein in die Höhe.

- Es kann auch ein Tanz sein.

Sie tänzelt die Stufen hoch.

- Ich fühle mich leicht wie eine Feder.

Mill hüpft hinauf.

- Ich bin ein Känguru.

Naomi schmiegt sich an Huch.

- Wie gehst du?

Er spreizt die Finger ab wie kleine Flügelchen.

- Was denkst du?

Sie schaut ihm fest in die Augen.

- Ich habe keine Ahnung.

Gobi bietet Huch einen Ball an.

- Du könntest ihn hochkicken und ihm nachlaufen wie ein Fußballspieler.

Huch richtet den Blick auf den Ball.

- Ist das schwierig?

Naomi nimmt den Ball.

- Nein, kinderleicht.

Sie kickt den Ball hoch und rennt hinterher.

- War das nicht schon fast ein legendärer Schuss?

Gobi guckt ihr verträumt nach.

- Es ist höchste Zeit für mich, den Kaffee zu servieren.

Er steigt die Treppe hinauf.

- Soll ich dir den Ball zuwerfen?

Huch streckt und räkelt sich.

- Bediene zuerst die Gäste. Es eilt nicht.

Er verlässt die Scheune, geht ein paar Schritte weiter auf der holperigen Straße.

Eine Frau bewegt sich leichtfüßig auf ihn zu.

- Hallo, ich bin Adele Sandreich.

Sie trägt ein Halstuch.

- Ich würde gern jemanden leidenschaftlich lieben.

Huch öffnet den Mund zum Sprechen.

- Weißt du schon wen?

Adele bekommt glasige Augen.

- Ja, ich habe eine gute Idee.

Ein Mann läuft auf sie zu.

- Hallo, ich bin Tamm Elber.

Er trägt ockergelbe Jeans.
- Habt ihr gern Pizza?
Sie senkt die Lider.
- Was für eine witzige Einladung!
Elber sieht in ihren Augenwinkeln ein schelmisches Schmunzeln.
- Ich weiß, es kommt überraschend. Aber ich bin eben spontan.
Ein Leuchten fliegt in ihr Gesicht.
- Pizza ist meine Leibspeise.
Er zieht die Augenbrauen hoch.
- Freut ihr euch?
Adele tanzt mit ausgebreiteten Armen.
- Ja sicher. Wo ist dein Backofen?
Elber deutet auf die Stadt hinter sich.
- Einen Katzensprung von hier entfernt.

Treffpunkt Bootssteg

In Wellen fällt das Land ab. Huch blickt weit ins Tal. Die Wiese schimmert hell. Eine Baumgruppe erscheint als dunkler Fleck. Am Wegrand liegt Stoff wie ein Schirmstück für einen Riesen.

Eine Frau streift durch den Hang.

- Hallo, ich bin Eda Bork.

Sie trägt Stiefeletten.
- Wie bist du ins Tal gekommen?
Huch zuckt leicht die Schultern.
- Zu Fuß.
Eda deutet auf den Stoff.
- Was für ein großes Stück! Gehört es dir?
Er legt den Handrücken auf die Hüfte.
- Nein, ich schaue es nur an.
Sie mustert seine Sandalen.
- Du siehst vertrauenswürdig aus.
Huch sieht zu Boden.
- Danke, dass du das sagst.
Eda gibt ihm einen Notizzettel. Darauf steht.
- Du bist meine Liebe.
Ein Mann läuft durchs Gras.

- Hallo, ich bin Taylor Rocco.

Er trägt ein kobaltblaues Hemd.

- Was steht auf dem Zettel?

Eda überlegt für den Bruchteil einer Sekunde.

- Nur ein Satz.

Rocco spannt die Lippen an.

- Ich würde ihn gern ansehen.

Sie streicht das Haar zurück.

- Willst du heiraten?

Sein Herz schlägt schneller.

- Ja, das wäre für mich das Paradies.

Eda neigt sich keck seitwärts.

- Dann musst du eben einen Liebesbrief schreiben.

Rocco beißt sich auf die Unterlippe.

- Ich habe leider kein Papier.

Sie weist auf das riesige Stoffstück.

- Viele suchen Stoff zum Schreiben. Da liegt er.

Er hebt das Stück auf, legt es wieder ab.

- Das ist je ein richtiges Focksegel. Wenn ich nur Farben und einen Pinsel hätte!

Eine Frau kommt in Schleifen durch die Wiese.

- Hallo, ich bin Jolie Augsburg.

Sie trägt ein Jackett, bringt einen Eimer Farbe und einen Pinsel.

- Schreib doch den Liebesbrief möglichst groß, wenn es dir Freude macht.

Rocco fasst den Pinsel mit spitzen Fingern an.

- Was soll ich schreiben?

Ein Lächeln umspielt Edas Lippen.

- Denk nach! Was würde deine Freundin gern lesen?

Er spricht mit leiser, leicht heiserer Stimme.

- Ich bin im Moment etwas allein.

Jolie zieht eine Braue leicht hoch.

- Suchst du eine Freundin?

Rocco senkt den Blick.

- Ja, eigentlich schon.

Eda breitet die Hände auf Bauchhöhe aus.

- Dann schreib: Ich will dich finden.

Er malt den Satz mit riesigen Buchstaben.

- Vielleicht ist es das Beste, wenn ich das Focksegel hisse.

Jolie steht von einem Bein aufs andere.

- Hast du ein Boot?

Rocco schnippt mit den Fingern.

- Es ist am Bootssteg vertäut.

Eda ergreift einen Zipfel des Segels.

- Wir helfen dir tragen.

Jolie bückt sich.

- An jeder Ecke!

Rocco klatscht sich auf die Schenkel.

- Manche Dinge gehen besser, wenn man sie zusammen macht.

Eda richtet den Blick auf Huch.

- Ich möchte dich auch im Team.

Jolie deutet auf die freie Ecke.

- Wir brauchen 4.

Rocco schließt halb die Lider.

- Ohne dich geht gar nichts.

Huch schaut sich halb ratlos, halb belustigt um.

- Wer würde beim vierten Zipfel anfassen, wenn ich nicht

da wäre?

Eda sieht ihn von der Seite an.

- Wir kennen niemanden.

Rocco tippt mit dem Finger auf den Stoff.

- Wir können nur dich fragen.

Jolie reckt die Brust vor.

- Ich schlage vor, du packst an, und wir bringen das Segel zum See.

Eda blickt ihn bedeutsam an.

- Das schaffen wir leicht.

Huch nimmt den Zipfel.

- Ich konnte mir in meinen wildesten Träumen nicht vorstellen, dass ich ein Segel tragen würde.

Sie gehen in eine tief eingeschnittene Bucht. Das Licht schimmert auf den Wellen. Ein Segelboot schaukelt am Bootssteg.

Eda guckt aus großen Augen.

- Ich finde Segeln kinderleicht.

Rocco zeigt mit dem Finger auf Huch.

- Das könntest du wahrscheinlich auch.

Huch wiegt den Kopf.

- Ich denke, da müsste ich ein paar Details kennen.

Jolie meint mit einem Achselzucken.

- Du solltest einfach mal zuschauen.

Eda öffnet die Lippen zu einem strahlenden Lächeln.

- Sag irgendetwas!

Er wendet sich um.

- Meinst du mich?

Sie lacht, es ist ein zartes Gurgeln.

- Ja, genau dich.

Huch lehnt den linken Arm an die Hüfte.

- Ich könnte aus bloßer Neugier etwas sagen um herauszufinden, was du willst.

Ein heller Lichtfleck fällt auf Edas Stirn.

- Ich liebe es, deine Stimme zu hören.

Rocco geht ins Boot.

- Jetzt könnt ihr das Segel loslassen.

Eda lässt den Blick entspannt über die Bucht gleiten.

- Fährst du auf den See hinaus?

Er hisst das Segel.

- Das würde ich gern, wenn es geht. Der Wind ist schwach.

Jolie wippt mit dem Schuh.

- Dürfen wir einsteigen?

Rocco setzt sich ans Steuerruder.

- Es hat genug Platz für alle.

Eda springt ins Boot.

- Das wird ein großes Vergnügen.

Jolie folgt ihr.

- Ich fahre gern mit einem Segelboot.

Sie dreht sich nach Huch um.

- Komm mit uns! Wo bleibst du?

Ein Mann stürmt auf den Bootssteg.

                              - Hallo, ich bin Kevin Hardy.

Er trägt ein helloranges Hemd.

- Ich möchte mitfahren.

Rocco macht eine einladende Handbewegung.

- Zum Glück hast du den Weg zu uns gefunden.

Eda wirft die Lippen auf.

- Zögere nicht. Steig ein!

Jolie klatscht in die Hände.

- Jedes neue Mitglied frischt unser Team auf.

Hardy lenkt seinen Blick zu Huch.

- Du warst vor mir da. Ich will mich nicht vordrängen.

Huch blickt versonnen aufs Wasser.

- Ich lasse dir gern den Vortritt.

Eda streicht mit dem Finger über das Gesicht.

- Findet in aller Ruhe heraus, wer zuerst kommen möchte.

Rocco sagt mit einem Zwinkern in den Augenwinkeln.

- Wir haben viel Zeit.

Jolie setzt sich vorn auf den Bug.

- Es gefällt mir, dass ihr rücksichtsvoll seid.

Hardy hüpft ins Boot.

- Ja, das sind wir und darum möchten wir euch auch nicht aufhalten.

Eine Frau tritt auf den Bootssteg.

- Hallo, ich bin Sunny Höfner.

Sie trägt ein honiggelbes, wallendes Kleid.

- Wie ist der Wind?

Rocco betrachtet das Segel.

- Eher schwach, aber er dürfte reichen.

Jolie wirft die Haare über die Schulter.

- Wieso fragst du?

Hardy steht breitbeinig, um das Gleichgewicht zu halten.

- Willst du mit uns segeln?

Sunny setzt ein breites Lächeln auf.

- Nein, ich wünsche euch gute Fahrt und unterhalte mich

auf dem Bootssteg.

Huch weicht zurück, als könnte er sich nicht entscheiden, ob er lieber bleiben oder einsteigen wolle.

- Mit wem willst du dich unterhalten?

Sie klopft ihm auf die Schulter.

- Mit dir.

Rocco löst das Seil.

- Gut, dann drehen wir eine Runde.

Er geht zum Steuerruder, strafft das Segel.

- Wir holen euch später ab.

Das Boot gleitet langsam durch das stille Wasser der Bucht.

Das erste Mal

Dunst verhüllt den Berg. Langsam kriecht ein Fetzen Nebel den Hang hoch. Huch hört den Wind in den Halmen singen. Der Weg verliert sich zwischen hohem Steppengras.

Eine Frau sieht Huch, geht einen Schritt schneller, ruft ihm zur Begrüßung zu.

- Hallo, ich bin Alisha Perlach.

Sie trägt ein krokodilgrünes Kostüm und langt in ihren Korb.

- Darf ich dir eine Frucht zeigen?

Huchs Hände scheinen an den Jackentaschen festgewachsen.

- Danke für das Angebot!

Alisha greift einen Pfirsich heraus.

- Außen sieht er samtweich und schön aus. Innen ist er hart wie ein Stein.

Huch schiebt den Hut in den Nacken.

- Und er liegt in deiner Hand.

Ihre Augen leuchten auf.

- Willst du ihn?

Ein Mann hüpft durch den Hang.

- Hallo, ich bin Logan Osterland.

Er trägt eine jeansblaue Jacke.

- Würdest du mir den Pfirsich geben?

Alisha wippt mit den Füßen.

- Ja. Ich fühle mich besser, wenn ich meine Früchte verschenken kann.

Osterland hebt den Zeigefinger.

- Ich nehme ihn gern.

Sie reicht ihm den Pfirsich.

- Hier, probiere ihn aus.

Er beißt hinein.

- Pfirsich ist meine Lieblingsfrucht.

Alisha steht stolz, gerade aufgereckt.

- Ich zeige es gern, wenn ich zufrieden bin.

Osterland fährt sich mit der Zunge über den Mundwinkel.

- Was mache ich mit dem Stein?

Sie antwortet.

- Fülle einen Topf mit Erde, stecke ihn hinein. Pflanze einen Baum, und du hast Früchte.

Er nagt den Stein ab.

- Ich glaube an deinen Tipp.

Alisha richtet den Blick in die Ferne.

- Ich habe 4 Schlafzimmer.

Osterland steckt den Stein ein.

- Das trifft sich gut. 4 ist meine Glückszahl.

Sie wirft einen Blick auf Huch.

- Logan bezieht ein Zimmer. Wie steht es mit dir?

Eine Frau kommt durchs Gras.

- Hallo, ich bin Friederike Hoskins.

Sie trägt ein Glitzerkostüm, hat in einer Hand ein Eis, in der andern die leere Verpackung.

- Ich habe Himbeerglace besonders gern.

Alisha neigt den Oberkörper leicht nach vorn.

- Wen wundert es! Ich finde sie auch köstlich.

 Osterland hebt die Stimme.

- Ich träume davon.

Friederike hält ihm das Eis hin.

- Willst du einen Schleck?

Er streicht sich über das Kinn.

- Danke! Ich möchte zuerst Alishas Schlafzimmer sehen.

Friederike schaut Huch an.

- Das ist das beste Eis, das ich je bekommen habe.

Er verschränkt die Arme auf dem Rücken.

- Ist es aus richtigen Himbeeren gemacht?

Friederike studiert das Einschlagpapier.

- Ich sehe nichts Falsches.

Alisha zieht die Brauen hoch.

- Was machst du mit der leeren Verpackung?

Friederikes Blick wandert zu Huch.

- Kannst du es entsorgen?

Er schließt halb die Augen.

- Ist das Papiermüll oder Restmüll?

Alisha streicht mit dem Finger lächelnd über das Einschlagpapier.

- Kommt in mein Haus! Dort klären wir die Frage.

Friederike schließt die Hände fest um die Verpackung.

- Danke für die Einladung.

Sie schickt ein Lächeln zu Huch.

- Aber wir kümmern uns zuerst um die Entsorgung.

Er schiebt die Beine eng zusammen.

- Wer ist wir?

Friederike grinst breit.

- Das ist ganz einfach. Wir, das sind du und ich.

Alishas Wimpern beginnen fast unwillkürlich zu zwinkern.

- Ihr seid ein Traumpaar! Wisst ihr was? Ich gebe euch das Zimmer mit dem Himmelbett.

Osterlands Augen leuchten.

- Du machst mich neugierig. Ich würde gern mein Bett sehen.

Sie nickt lächelnd.

- Ich zeige es dir.

Er läuft mit ihr den Hang hinunter.

- Beim Bett lege ich den größten Wert auf die Breite. Es ist mir egal, ob es hart oder weich ist.

Alisha kichert in sich hinein.

- Du bist lustig. Ich dachte, du legst dich hinein.

Die beiden verschwinden hinter einer Kuppe.

Friederike schirmt ihre Augen mit der Hand ab.

- Alisha ist freundlich. Sie lädt uns ein.

Ein Mann kommt mit schnellen Schritten.

                              - Hallo, ich bin Darius Herding.

Er trägt eine sonnengelbe Jacke.

- Darf ich die Eisverpackung haben?

Friederike holt Luft.

- Ja gern. Was machst du damit?

Herding greift nach dem Papier.

- Ich liebe Verpackungen und bringe sie ins Kunsthaus.

Friederike wiegt fast unmerklich den Kopf.

- Dürfen wir mitkommen?

Er wirft das Papier auf und fängt es wieder.

- Aber sicher! Ihr seid die Künstler.

Huch wirft einen Blick auf sich selbst.

- Wie kommst du darauf?

Herding fasst den Jackenumschlag.

- Alle Menschen sind Künstler.

Er führt sie quer durch den Hang.

- Das Kunsthaus steht am Rand der Wiese.

Efeu umrankt eine Villa.

Eine Frau sitzt auf einem knallgrünen Plastikstuhl auf der Terrasse.

- Hallo, ich bin Hedda Hirschberg.

Sie trägt lackrote Leggings.

- Darf ich sehen, was ihr bringt?

Friederike eilt in kleinen Trippelschritten zu ihr.

- Es ist ein Glacepapier.

Herding hält es hoch.

- Hast du einen Platz dafür?

Hedda steht auf.

- Ja natürlich! Gehen wir ins Haus.

Sie öffnet die goldgerahmte Glastür.

- Tretet ein!

Der Raum hat große Fenster, ist lichtdurchflutet. In der Mitte steht ein riesiger seerosenweißer Tisch.

Friederike kratzt sich am Kinn.

- Ich würde die Verpackung lieber auf den Tisch stellen als

an die Wand nageln.

Herding fasst sich an den Kopf.

- Ich bin mir sicher, dass sie dort dem Raum Farbe schenkt.

Hedda kneift im Licht blinzelnd die Augen zusammen.

- Mich berührt die Form dieses Glacepapiers.

Sie streichelt über Huchs Arm.

- Und dich?

Er durchquert den Raum.

- Das alles kann mit einer Verpackung passieren.

Friederike beugt sich aufmerksam über den Tisch.

- Hat jemand von euch schon einmal ein Glacepapier ausgestellt?

Herding läuft aufgeregt über das Parkett.

- Für mich ist es das erste Mal.

Hedda lässt den Arm über die ausgestellte Hüfte fallen.

- Sag es einfach, wenn du Hilfe brauchst.

Er wendet den Kopf.

- Könnt ihr mir einen Tipp geben?

Sie öffnet das Fenster.

- Hör den Vögeln zu.

Friederike fügt bei.

- Glaube an dich.

Herding legt das Papier ab.

- Ihr seid sehr einfühlsam.

Hedda macht alle Fenster auf.

- Es scheint, du genießt den Gesang der Vögel.

Sie stellt sich vor Huch hin.

- Herzlich willkommen! Die neue Ausstellung ist eröffnet.

Ich würde gern meinen Schmuck anziehen.

Er faltet die Hände vor dem Bauch.

- Was hast du für Schmuck?

Hedda klaubt eine Goldkette aus der Tasche ihres Glitzerjacketts.

- Das Preisschild ist noch daran.

Friederike beißt sich auf die Unterlippe.

- Damit siehst du sicher gut aus.

Herding macht einen langen Hals.

- Ich vertraue Preisschildern.

Hedda blickt ernst und fragend.

- Könnt ihr ein Tuch auftreiben?

Friederike neigt den Kopf leicht zur Seite.

- Warum?

Hedda hebt die Hände und sagt nur.

- Ich möchte den Schmuck nur hinter einem Tuch anlegen.

Der Lochfels

Grillen zirpen im Hang. Ein leiser Wind geht durch die kopfsteingepflasterte Gasse. Sie führt Huch zum Fluss hinunter. Das Wasser schlägt an die bemooste Ufermauer.
Eine Frau dekoriert den Bug ihres Boots mit einem Blumenstrauß.

- Hallo, ich bin Jasmin Martelli.

Sie trägt ein beerenrotes Kleid.
- Steigst du ein?
Huch nimmt die Sonnenbrille ab.
- Danke für die Einladung! Wie heißt dein Boot?
Ein Mann eilt in großen Schritten zum Ufer.

- Hallo, ich bin Devin Wollny.

Er trägt einen amazonasgrünen Hut.
- Ich lasse andere gern ausreden und kann gut zuhören. Bin ich willkommen?
Jasmin empfängt ihn mit vergnügtem Lächeln.
- Komm rein! Du bist nett.
Wollny fordert Huch mit einer einladenden Handbewegung auf.
- Du bist doch hoffentlich auch dabei.
Huch tritt beschwingt auf den Bootssteg hinaus und blin-

zelt.

- Ich suche gerade den Namen des Boots.

Jasmins Blick verhakt sich einen Sekundenbruchteil länger als üblich.

- Vorn beim Bug könnt ihr den Schriftzug sehen.

Wollny sinkt in die Hocke.

- Alle Namen sind wichtig.

Er entdeckt den Schriftzug.

- Dein Boot heißt offenbar „Hoffnung". Ja, da stelle ich mir gerade vor, was man so alles hoffen kann.

Jasmin lässt die Beine baumeln.

- Ich hoffe, solange ich atme.

Wollny tippt kurz an den Kopf.

- Und ich hoffe etwas ganz Bestimmtes.

Sein Blick wandert zu Huch.

- Nämlich, dass du mitkommst.

Huch senkt seinen Blick.

- Warum?

Jasmin steht auf.

- Wir 3 haben eine gute Stimmung.

Wollny klatscht auf die Beine.

- Wenn du teilnimmst, sind wir ein Team.

Huch steigt ins Boot.

- Ich bin dabei.

Sie tätschelt ihm die Schulter.

- Ich bin eine Anfängerin. Kannst du gut rudern?

Er legt die Arme auf den Rücken.

- Fragen wir zuerst Devin.

Wollny stürzt sich auf die Ruderbank.

- Ich würde am liebsten Tag und Nacht rudern.

Jasmin löst das Seil.

- Zeig es uns. Wir lernen gern von dir.

Er greift in die Ruder.

- Was für eine schöne Strömung!

Mit wenigen Stößen bringt er das Boot in Fahrt.

Sie lächelt mit halboffenen Augen.

- Pass auf, dass du dich nicht übernimmst.

Wollny zieht die Ruder ein.

- Die Strömung entlastet mich.

Huch schüttelt verwundert den Kopf.

- Ich dachte, du möchtest Tag und Nacht rudern.

Er schlägt die Hände vors Gesicht und lacht.

- Das war nur ein Witz.

Ein Floss treibt in der Strömung. Es besteht aus zusammengebundenen Baumstämmen. Eine Hütte mit Bambusdach ist darauf gebaut.

Jasmin beißt sich auf die Unterlippe.

- Kannst du ausweichen?

Wollny ergreift die Ruder.

- Wieso sollte ich?

Er lenkt das Boot zum Floss.

- Ich möchte andocken.

Jasmin erhebt sich neugierig.

- Wir haben ein neues Reiseziel.

Wollny legt die Ruder ein, ergreift das Seil.

- Das Floss gefällt mir.

Er schlingt das Seil um einen Balken, der aus dem Floss vorspringt.

- Ist jemand in der Hütte?

Eine Frau streckt den Kopf aus der Türöffnung.

- Hallo, ich bin Romina Robinson.

Sie trägt ein admiralblaues Kleid.

- Es ist großartig, dass ihr das Ruderboot am Floss ange-
bunden habt.

Jasmin fragt in leicht vorgebeugter Haltung.

- Dürfen wir zu dir kommen?

Romina lässt ihre langen Haare wehen.

- Ja sicher. Besuch gefällt mir.

Wollny steigt aufs Floss.

- Danke für die Einladung.

Jasmin springt aus dem Ruderboot.

- Es ist unglaublich, wie still das Floss treibt. Man kommt
ins Träumen.

Romina tanzt mit ausgebreiteten Armen.

- Ihr passt zusammen und solltet heiraten.

Wollny senkt den Blick.

- Ich habe leider keinen Frack.

Sie weist auf die Türöffnung.

- Geh in die Hütte und öffne die Kleidertruhe.

Er tritt ein.

- Du rettest mich.

Jasmin deutet mit dem Finger auf sich.

- Ich frage mich, wie ich zu einem Brautkleid komme.

Romina kichert leise.

- Die Truhe ist groß. Sicher liegt auch etwas Passendes für
dich drin.

Jasmin umarmt sie begeistert.

- Du bist sehr freundlich. Ich schenke dir mein Ruderboot.

Sie läuft etwas nach vorn gebeugt in die Hütte.

- Jetzt freue ich mich auf das Kleid.

Romina guckt neugierig Huch an.

- Hast du gern Blumen?

Er hebt den Kopf, schließt die Augen.

- Ja, sie gefallen mir.

Sie schielt auf den Strauß, der den Bug des Ruderboots dekoriert.

- Schön wäre es, wenn du mir deine Blumen schenken würdest.

Huch legt eine Hand auf den Rücken.

- Sie gehören nicht mir.

Romina hüpft vom Floss ins Ruderboot.

- Ich glaube, ich bin in diese Blumen verliebt.

Er legt den Zeigefinger an die Oberlippe.

- Das kann ich mir gut vorstellen. Sie ziehen Bienen und Menschen an.

Sie löst das Seil.

- Wir treiben leise auf dem Fluss.

Huch hockt auf die Bank im Heck.

- In der Mitte hat es eine starke Strömung.

Romina setzt sich auf die Ruderbank.

- Bald teilt sich der Fluss in viele Arme auf.

Sie beginnt zu rudern.

- Ein Seitenstrang fällt über einen Felsen.

Seine Augen treten scharf und wachsam aus dem Gesicht hervor.

- Vielleicht ist es besser, wenn wir ihn meiden.

Romina rudert zum Seitenarm.

- Nein, wir gehen vorher an Land.

Sie lenkt das Boot zu den hohen Uferbäumen.

- Ich möchte dir den Wasserfall zeigen.

Das Wasser plätschert. Ein Reiher gleitet über den Seitenstrang. In der Ferne lässt sich das Brausen des Wasserfalls vernehmen.

Huch steht auf.

- Für mich sind Wasserfälle Musik.

Romina steuert zu einem umgestürzten Baum, der wie ein Bootssteg im Wasser liegt.

- Da steigen wir aus.

Neben einem großen Ast dreht sie bei.

- Kannst du das Boot vertäuen?

Ein Mann läuft über den Stamm.

- Hallo, ich bin Kerem Achenbach.

Er trägt einen Tropenhut.

- Es macht Spaß, das Boot anzubinden. Darf ich?

Romina zieht die Ruder ein.

- Ja gern. Kannst du es sicher festzurren?

Achenbach nimmt das Seil.

- Ich versuche es zumindest.

Sie steigt auf den Baumstamm.

- Machst du das jeden Tag?

Er schlingt das Seil um den Ast.

- Nein, das ist das erste Mal.

Romina hält die Hand locker flatternd in die Luft.

- Was sagst du zu unseren Blumen auf dem Bug?

Achenbach macht einen Knoten.

- Der Strauß ist groß und hübsch.

Huch klettert aus dem Ruderboot.

- Brauchen die Blumen vielleicht Wasser?

Romina legt das Kinn auf den Handrücken.

- Ja, wir sollten sie einstellen. Sonst welken sie zu schnell.

Achenbach zieht den Tropenhut ab.

- Wir könnten ihn als Vase benutzen.

Er taucht ihn ins Wasser, läuft über den Baumstamm.

- Wo stellen wir ihn auf?

Sie holt den Strauß aus dem Boot.

- Wir müssen das Ufer erforschen.

Ein grauweißer Kalkfelsen ragt aus dem Grün. Löcher, Schründe und Spalten lassen ihn wie einen erstarrten Schwamm erscheinen.

Achenbach stellt den Tropenhut in ein Loch.

- Ich habe einen Ort gefunden.

Das avocadogrüne Känguru

Auf einem flachen, staubigen Südhang verbreiten sich weitläufig Häuser aus knochenbleichem Stein. Manche ragen fast stattlich auf. Andere zerfallen in Steinhaufen. Huch sieht sich um. Die Gebäude stehen leer.
Aus einem Haus, das sich in einen Abhang zur Schlucht krallt, tritt eine Frau.

- Hallo, ich bin Lola Malang.

Sie trägt einen Schal.
- Hast du gern Kekse?
Huch schenkt ihr ein halb ausgeführtes Lächeln, das alles in der Luft hängen lässt.
- Danke, ich bin im Moment noch nicht hungrig.
Lola streift ihn mit kurzen Blicken.
- Und wenn du sie in den Kaffee tunkst?
Ein Mann trippelt auf Zehenspitzen heran.

- Hallo, ich bin Justin Banu.

Er trägt ein Cap.
- In Kaffee getunkte Kekse sind meine Leibspeise.
Sie streicht sich das Haar aus dem Gesicht.
- Wollen wir uns welche besorgen?
Banu legt die Hand aufs Herz.

- Ja, ich suche gern und habe viel Ausdauer. Du kannst mir vertrauen.

Lola guckt Huch an.

- Beteiligst du dich an der Suche?

Er macht ein fragendes Gesicht.

- Wohin geht ihr?

Sie zeigt auf die Nordseite des Bergs, wo die restlichen Häuser des Dorfs liegen.

- Wir könnten uns dort oben umsehen.

Banu späht hinüber.

- Du hast Recht. Wo jemand wohnt, könnte es auch Kaffee und Kekse geben.

Huch räumt ein.

- Ganz ausgeschlossen ist es jedenfalls nicht.

Lola schmiegt den Kopf an seine Schulter.

- Das klingt fast so, als hätten wir dich überzeugt.

Banu sagt mit einem Augenzwinkern.

- Es schadet gewiss nicht, wenn wir uns ein bisschen ins Zeug legen. Im Gegenteil, wir machen einen Aufstieg.

Eine Hängebrücke spannt sich über den Abgrund. In der Tiefe rauscht ein Gießbach.

Lola setzt vorsichtig den Fuß aufs wacklige Holz.

- Da müssen wir rüber. Passt auf! Die Brücke schaukelt bei jedem Schritt.

Banus Stimme klingt seltsam belustigt.

- Das gibt ein kitzliges Gefühl.

Er tänzelt hinter Lola her.

- Woher stammt dieses Holz?

Sie räkelt sich.

- Von einem alten Stall. Es singt, wenn du den Fuß darauf

setzt.

Banu hüpft wie ein Xylophonschläger über die Planken.

- Mein Herz schlägt für diese Brücke.

Huch bewegt sich vorsichtigen Schrittes.

- Was meinst du damit?

Banu breitet die Arme aus.

- Wir können mühelos die Schlucht überwinden. Wem verdanken wir das?

Lola dreht die Schultern hin und her.

- Der Brücke. Wir dürfen niemals vergessen, was sie uns ermöglicht.

Auf der andern Seite geht der Weg, von Wacholdersträuchern gesäumt, in Serpentinen hinauf.

Lola reckt den rechten Arm empor.

- Die Häuser liegen in der Nähe.

Banu reckt erwartungsvoll das Kinn.

- Das ist genau die Art der Wanderung, die ich mag. Kurz und abwechslungsreich.

Sie richtet den Blick auf Huch.

- Und du? Bist du gern lang unterwegs?

Seine Stimme klingt hell.

- Ich spaziere am liebsten langsam und entspannt.

Banu bekommt glänzende Augen.

- Entspannung ist ganz wichtig. Immer, wenn ich verspannt bin, frage ich mich, wie kriege ich das wieder weg?

Lola hält sich die Hand vor den Mund.

- Wie schaffst du es? Kannst du uns einen Tipp geben?

Er zieht beide Augenbrauen nach oben.

- Ich empfehle euch folgende Technik. Ihr fragt jemanden, ob er euch den Schlüssel zu seiner Wohnung gibt. Dann geht ihr hinein und legt euch aufs Sofa.

Ihr Gesicht öffnet sich. Ein herzliches Lachen purzelt heraus.

- Das ist eine verblüffend einfache Technik.

Das erste Haus liegt etwas erhöht in einem Hang. Eine Föhre überragt das Dach. Vorn an der Fassade blinkt eine Leuchtreklame in Neonfarben.

- Kaffee und Kekse.

Banu deutet auf die Schrift.

- Da sind wir goldrichtig.

Eine Frau öffnet die Tür, schmunzelt mit scharf gezeichneten Mundwinkeln.

- Hallo, ich bin Rahel Wimm.

Sie trägt ein elegantes Kleid.

- Was darf ich euch anbieten?

Lola schlägt die Lider nieder.

- Wir hätten gern Kaffee und Kekse.

Rahel führt sie ums Haus.

- Es ist alles bereit.

Auf den Gartentischen stehen Kaffeemaschine, Becher, Kekse, Sprühsahnedosen.

Banu trommelt mit den Fingern auf der Maschine herum.

- Ich nehme an, es macht Sinn, sich einen Kaffee rauszulassen.

Ein Mann kommt wiegenden Schrittes in den Garten.

- Hallo, ich bin Leif Helgenberger.

Er trägt ein arktikblaues Jackett.

- Schneller als gedacht bediene ich die Maschine für euch.

Lola schiebt einen Becher unter den Hahn.

- Ich hätte gern Kaffee.

Banu probiert einen Keks.

- Wir sind froh, dass du das Gerät kennst.

Rahel tätschelt Helgenberger liebevoll die Hand.

- Leif ist immer da, wenn wir Hilfe brauchen.

Er drückt auf einen Knopf.

- Wer mit den Maschinen Geduld hat, kann von ihnen bekommen, was er will.

Dampfender Kaffee schießt aus dem Hahn.

Lola sieht verträumt zu.

- Das ist womöglich der beste Kaffee der Welt.

Banu applaudiert.

- Wie rasch ist er bereit!

Rahel reicht Lola den Becher.

- Es grenzt an ein Wunder.

Helgenberger richtet sich auf.

- Wen darf ich als Nächsten bedienen?

Lola legt den Kopf auf Huchs Schulter.

- Du bist gefragt.

Er blickt sich um.

- Justin hat bereits einen Keks in der Hand und möchte ihn bestimmt tunken.

Rahel fasst seine Hand.

- Du bist so umsichtig und bestimmt ein gutes Teammitglied.

Helgenberger greift nach dem nächsten Becher.

- Ich kann ja mal Kaffee einfüllen.

Lola sprüht Sahne aus der Dose.

- Was ist weiß wie Schnee und krönt den Kaffee?

Banu ergattert den zweiten Becher.

- Das ist der Rahm, oder?

Rahel streicht Huch über den Oberarm.

- Möchtest du zuerst den Garten erkunden und nachher Kaffee trinken?

Er entfernt sich auf einem Kiesweg.

- Der Vorschlag gefällt mir.

Helgenberger lehnt sich mit angewinkeltem Bein gegen den Tisch.

- Der Garten ist hübsch, aber man kann sich darin verlaufen.

Eine Brücke führt über einen kleinen Seerosenteich. Unter den Bäumen verwittert ein hoher Pavillon, von Waldreben überwuchert und behangen.

Eine Frau wischt aus dem Schatten.

- Hallo, ich bin Amanda Bandura.

Sie trägt eine Lederjacke.

- Hast du schon mal ein Känguru gesehen?

Huch schaut schräg und keck.

- Nein.

Amanda nimmt seine Hand.

- Darf ich dir eines zeigen oder hast du Wichtigeres zu tun?

Huch lässt seine Augen schweifen.

- Ich würde es gern sehen.

Sie führt ihn aus dem Garten hinaus auf eine Blumenwiese.

- Kängurus sind wunderbare Tiere. Du kannst ihnen nicht befehlen, was sie zu tun haben.

Sein Blick wandert weiter.

- Das gefällt mir.

Ein avocadogrünes Känguru hüpft über die Wiese.

Amandas Augen blitzen.

- Da ist es! Wollen wir ihm folgen?

Huch weicht Meter für Meter zurück.

- Ich möchte es nicht stören.

Sie hat ein wie gemaltes Lächeln auf den Lippen.

- Es merkt, dass wir hier sind, und wünscht, dass wir ihm folgen.

Er schiebt die Daumen in die Tasche.

- Woher weißt du das?

Amanda deutet eine federnde Lockerungsübung an.

- Es bleibt stehen und guckt uns an.

Tatsächlich richtet sich das Känguru auf und zeigt mit dem Vorderbein auf einen Laden am Rand der Wiese.

Huchs Oberkörper kippt immer weiter nach vorn.

- Was ist das für ein Geschäft?

Amanda legt den Arm über seine Schulter.

- Das ist eine Bäckerei.

Das Känguru springt zum Schaufenster, das der Bäcker mit Pasteten dekoriert.

Er tritt vor die Tür.

- Hallo, ich bin Milan Akio.

Er trägt einen mehlweißen Anzug.

- Möchtet ihr die Pastete hier essen oder darf ich sie zum

Mitnehmen einpacken?

Unterwegs

Die Landstraße führt in den Talkessel, in welchem die Stadt liegt.

Huch steigt leichtfüßig vom Berg hinunter.

Mülltonnen säumen die Straße. Auf ihnen steht.

- Bald wirst du dich daran gewöhnen, dass wir hier sind.

Eine Frau schreitet auf ihn zu.

- Hallo, ich bin Dalia Fraga.

Sie trägt ein Tutu.

- Hast du schon mal ein Erdbeereis gegessen?

Er fährt mit den Fingerspitzen über die Lippen.

- Ja, ich habe einen Löffel voll probiert.

Dalia lupft die Augenbrauen.

- Wo hat es einen Glacestand?

Ein Eisverkäufer rollt auf dem Dreirad heran. Auf die Vorderachse ist eine Kühltruhe gebaut. Sie schimmert gletscherweißweiß und hat goldene Deckel.

- Hallo, ich bin Efe Gamma.

Er trägt eine marineblaue Schirmmütze.

- Es macht mich glücklich, euch zu treffen. Womit darf ich euch verwöhnen?

Dalia atmet tief durch die Nase ein.

127

- Ich hätte gern ein Erdbeereis.

Gamma öffnet den dritten goldenen Deckel.

- Ich werde alles in meiner Macht Stehende tun, um euch das weltbeste Erdbeereis zu servieren.

Sie blickt gespannt auf seine Hand.

- Denkst du, dass es möglich ist, das Eis kugelrund zu servieren?

Er greift zur Eiskugelzange.

- Das denke ich nicht nur. Ich kriege es mit links hin.

Dalia hat ein kindliches Staunen im Gesicht.

- Ich bewundere dich.

Gamma serviert das Eis auf einem Waffelhörnchen.

- Das könntest du auch. Du hast bestimmt das Zeug zur Eismeisterin.

Sie schleckt daran.

- Ich esse zum ersten Mal Erdbeereis.

Er krümmt den Rücken.

- Wie schmeckt es dir?

Dalia hibbelt und zappelt.

- Das ist lecker.

Sie hängt sich bei Huch ein.

- Du musst unbedingt auch Erdbeere bestellen.

Gamma schickt sich an, die zweite Kugel zu schneiden.

- Das ist nicht nötig. Er bekommt sie sofort und ohne Bestellung.

Huch hebt die Hand.

- Moment! Ich würde gern zuerst ein wenig die Stadt erkunden.

Gamma legt die Zange ab.

- Wie du willst.

Dalia lächelt Huch mit einem aufmunternden Lächeln zu.

- Das kannst du auch mit einem Waffelhörnchen in der Hand.

Er schaukelt den Kopf.

- Ja, das könnte ich. Aber im Augenblick möchte ich mich konzentrieren, damit mir nichts entgeht.

Gamma schließt den Deckel.

- Lass dich nur nicht drängen. Es gibt 100 verschiedene Arten, ein Eis zu genießen.

Er tritt in die Pedalen.

- Ich drehe mal eine Runde. Wir sehen uns. Und dann schenke ich dir eine Extrakugel.

Huch ruft ihm nach.

- Dankeschön. Du bist freundlich.

Dalia lutscht am Eis.

- Was interessiert dich besonders an der Stadt?

Er betrachtet eine mit Graffiti besprühte Wand. Vom verkrusteten Stahlgerippe bröckelt der Putz.

- Eigentlich alles.

Dalia folgt seinem Blick.

- Die Graffiti sind kühn und selbstbewusst gesprayt.

Eine Frau legt Huch von hinten die Hand über die Schulter.

- Hallo, ich bin Juliane Bellini.

Sie trägt ein elegantes Kleid und bringt eine Schachtel mit dicken Wachsmalkreiden.

- Die Wand bemalen ist etwas, das du selber lernen kannst. Fang einfach an.

Er fährt herum.

- Was soll ich machen?

Dalia lässt ein Stück Eis auf der Zunge zergehen.

- Wähle eine Farbe.

Huch dreht die Schultern.

- Welche würdet ihr empfehlen?

Juliane greift eine Kreide heraus.

- Nimm das leuchtende Orange.

Sie streckt die Finger, bietet Huch die Kreide auf dem Handteller an.

- Wir wollen mal sehen, was sie so bringt.

Dalia tigert um Huch herum.

- Du siehst bereit aus. Warum zögerst du?

Juliane windet sich geschmeidig um Huchs Körper.

- Male einen Strich! Die Mühe lohnt sich.

Huch fährt mit der Kreide über die Wand.

- Das macht mir keine Mühe.

Dalia schlägt sich auf die Schenkel vor Freude.

- Der Strich ist lang!

Juliane hüpft.

- Das ist eine Straße.

Dalia knabbert das Waffelhörnchen.

- Zeichne eine Katze, die auf der Straße Basketball spielt.

Huch entwirft sie mit wenigen Strichen.

- Danke für den Tipp!

Er malt den Ball.

- Ich versuche es einmal.

Juliane dreht Pirouetten.

- Du hast die Katze gut getroffen.

Dalia wischt sich die Hände ab.

- Ein Auto muss anhalten, weil die Katze auf der Straße spielt.

Ein tomatenroter Kleinlaster schleppt ein kaputtes Klavier auf Rollen ab.

Der Fahrer bremst.

- Hallo, ich bin Armin Tiziano.

Er trägt ein aprikosengelbes Hemd.

- Irgendwann kann ein Klavier nur noch ein paar schiefe Töne auf einigen Tasten krächzen.

Dalia steht breitbeinig.

- Weißt du, ein Klavier ist doch das, was es ist.

Juliane kreist schnell um die eigne Achse.

- Du musst es nicht negativ sehen.

Tiziano stellt den Motor ab.

- Ich lerne viel von euch.

Er steigt aus, schaut Huch an.

- Du hast große Hände. Sicher kannst du gut Klavier spielen.

Huch verschränkt die Arme vor dem Bauch.

- Man kann auch mit kleinen Händen hervorragend spielen.

Juliane klaubt eine Münze hervor.

- Kopf oder Zahl?

Dalia räuspert sich.

- Kopf!

Juliane wirft die Münze auf.

- Gleich sehen wir, wer spielt.

Sie fängt die Münze, blickt in die Hand.

- Zahl!

Tiziano deutet auf Huch.

- Dann ist es entschieden.

Er löst das Abschleppseil.

- Spiel was.

Huch blinzelt in die Sonne.

- In welcher Tonart?

Dalia zieht den Kopf zwischen die Schultern.

- Was ist eine Tonart?

Juliane belehrt sie in atemberaubendem Sprechtempo.

- Es gibt verschiedene. A-Dur, zum Beispiel oder E-Dur.

Tiziano rollt das Seil auf.

- Oder Es-Dur, wenn man Hunger hat.

Dalia wendet sich an Huch.

- Welche Tonart kannst du?

Huch tippt mit dem Zeigefinger in der Luft herum.

- Ich kann nur Stücke in Huch-Dur.

Juliana öffnet den Tastendeckel.

- Huch? Was ist das?

Er hält den Kopf hoch.

- Mein Name. Ich heiße Huch.

Tiziano wirft das Seil auf die Ladebrücke.

- Er tönt klangvoll.

Dalia klatscht in die Hände.

- Und er tönt direkt nach Huch-Dur.

Juliana schließt die Augen.

- Küss mich!

Huch lässt das Lächeln aus dem Gesicht fallen.

- Meinst du mich?

Sie nickt zur Bekräftigung.

- Ja, ich bin noch nie von einem Mann geküsst worden, der seinen Namen so wunderbar gehaucht hat.

Er schnappt nach Luft.

- Das hört sich nur gehaucht an. Ich bin nicht sicher, ob man Huch anders aussprechen kann.

Ein goldener Vogel schwirrt über die Straße.

Tiziano schaut gebannt.

- Viele Arten von Vögeln leben in der Stadt.

Dalia rennt los.

- Wir laufen ihm nach.

Juliane streckt einen Arm nach vorne, den anderen nach hinten, folgt ihr.

- Wir dürfen ihn nicht aus den Augen verlieren.

Sie schaut ruckartig zu Huch.

- Du solltest nicht allein zurückbleiben.

Er macht sich auf den Weg.

- Ich bin schon unterwegs.

Die kleine Bäckerei

Der Weg windet sich durch mannshohes Gebüsch und den dichten Wald. Riesige Pflanzen lassen Huch winzig klein wie eine Ameise erscheinen.
Eine Frau lehnt gegen einen mächtigen Baumstamm.

- Hallo, ich bin Enisa Lisch.

Sie trägt einen Kimono.
- Hättest du gern heißen Tee?
Huch blickt sich neugierig um.
- Hast du Kräuter oder Blüten gesehen?
Enisa breitet die Arme aus.
- Nein, aber wir könnten sie suchen.
Ein Mann streift durch den Wald.

- Hallo, ich bin Hans Henrik.

Er trägt Badeschlappen.
- Das Suchen erübrigt sich.
Sie hebt nur kurz den Finger in die Höhe und lässt ihn wieder sinken.
- Wieso? Wir können doch finden, was wir brauchen.
Henrik blinzelt unter der Baseballmütze.
- Ja, aber es ist nicht nötig, weil ich eine Maschine entdeckt habe.

Er lockt mit dem Finger.

- Kommt mit! Sie sprudelt und brodelt. Ich bin fast sicher, dass es sich um eine Teemaschine handelt.

Enisa hat ihr Lächeln wiedergefunden.

- Ist es weit von hier?

Henrik deutet auf einen Weg, der etwas versteckt hinter einem Gebüsch beginnt.

- Da geht es lang.

Er wieselt voraus.

- Es sind kaum 100 Schritte. Habt ihr euch entschieden?

Enisa streckt die Arme hoch.

- Ich bin dabei.

Sie streichelt Huch über den Rücken.

- Und du?

Er zögert.

- Ich überlege mir noch, ob ich gehen soll oder nicht.

Henrik hält inne, fährt herum.

- Das ist nicht nötig. Unsere Reise hat schon begonnen.

Enisa gibt Huch die Hand.

- In dem Fall können wir uns getrost seiner Führung über-lassen.

Sie folgen Henrik über den weichen Teppich von Moos in einen kaum berührten Urwald. Die sprudelnde und bro-delnde Maschine liegt mitten im Farn versteckt.

Henrik prüft die Schalter und Knöpfe mit kritischem Blick.

- Leider weiß ich nicht, wie sie funktioniert.

Eine Frau geht auf ihn zu.

- Hallo, ich bin Jil Schick.

ogrüne Känguru

Sie trägt Spitzenstrümpfe.

- Ich komme ganz zufällig und sehe euch rumstehen.

Er fasst sich an den Hals.

- Wir würden gern die Maschine starten und nichts falsch machen.

Enisa lässt den Kopf hängen.

- Es hat 2 Knöpfe. Welcher ist wohl der richtige?

Jil stellt die Füße eng zusammen.

- Was wollt ihr denn rauslassen?

Henrik steht der Mund offen.

- Wir dachten an Tee.

Jil guckt ihn eher leicht von unten an.

- Tee! Wer möchte das nicht! Aber habt ihr auch eine Tasse?

Enisas Nasenflügel beben.

- Jetzt muss ich langsam aufpassen, dass mich nicht die Panik packt. Tassen fehlen nämlich auch.

Ein Mann eilt in kurzen Schritten durch den Wald.

- Hallo, ich bin Damien Mosley.

Er hat kardinalsrote Jeans an und trägt auf einem Tablett goldene Tassen.

- Wollt ihr meine benutzen?

Enisa nimmt eine Tasse, reicht sie Henrik.

- Nun kann ich mich optimal entspannen.

Er stellt die Tasse unter den Hahn.

- Mir geht es genau gleich.

Jil drückt den billardgrünen Knopf.

- Ein Lämpchen leuchtet. Die Maschine reagiert.

Seife schäumt in die Tasse.

Mosley schnuppert.

- Ich frage mich unwillkürlich, ob das nicht eine Seifenmaschine ist.

Enisa tunkt den Finger in die Tasse, riecht.

- Ich probiere gar nicht erst. Das ist Seife. Wo stellen wir sie hin?

Henrik lässt die Hand sinken.

- Wir dürfen sie nicht im Wald herumstehen lassen.

Jil räkelt ihre langen Beine.

- Genau! Man muss an die Moose denken.

Mosley schließt die Augen.

- Und an die Wurzeln.

Enisa gibt Huch die Tasse.

- Möchtest du die Seife übernehmen?

Huch wartet eine Weile, bevor er zu sprechen anfängt.

- Wieso ich?

Henrik schenkt ihm ein aufmunterndes Lächeln.

- Du siehst verantwortungsbewusst aus.

Eine Frau wandert über den weichen Waldboden.

- Hallo, ich bin Tina Dai.

Sie trägt ein cayennerotes Sommerkleid.

- Gibt euch die Seife zu denken?

Enisa rudert mit den Armen.

- Ja. Wir wollten Tee rauslassen und waren ziemlich überrascht, als die Maschine Seife spendete.

Henrik spannt den Rücken.

- Wir sind doch im Wald und nicht in einem Badezimmer.

Jil stellt sich auf die Zehenspitzen.

- Kannst du sie verwenden?

Tina sagt, ohne mit der Wimper zu zucken.

- Ich sehe, ihr braucht meine Hilfe.

Mosley wird leicht ums Herz.

- Richtig! Wir hätten gern eine sichere Entsorgung.

Tina nimmt Huch die Tasse ab.

- Ich zeige euch gern, wo ich mich wasche.

Enisa hebt die Hand.

- Hoffentlich stören wir nicht.

Tina führt sie aus dem Wald.

- Nein, ihr seid willkommen.

Henrik schiebt die Augenbrauen in die Stirn.

- Ist dein Haus in der Nähe?

Tina geht zu einer sandigen Straße.

- Ja. Ich habe eine kleine Bäckerei. Ihr könnt bei mir essen und schlafen.

Jil macht sich klein.

- Ich passe sicher in dein Bett. Ich bin kleiner als du.

Mosley runzelt die Stirn.

- Richtige Betten sieht man nur noch im Museum.

Tina schenkt ihm einen blitzenden Augenaufschlag.

- Ihr müsst halt meine Betten anschauen.

Sie fragt Huch.

- Du bist so still. Was verstehst du unter einem richtigen Bett?

Er lässt den Arm über die ausgestellte Hüfte fallen.

- Wir legen uns einfach hin und prüfen, ob wir relaxt liegen.

Dies wird die Antwort einfach machen.

Ein Ziegeldach bedeckt das Haus. Von der Wand bröckelt

altrosa verblichener Putz.

Tina geht ums Haus herum, wo ein Wasserhahn in ein steinernes Becken tropft.

- Da wasche ich mich.

Sie stellt die goldene Tasse auf den Beckenrand.

- Jetzt habe ich sogar Seife.

Enisa gähnt.

- Ich bin zu schläfrig, um mir das Becken anzusehen.

Henrik guckt Tina aus müden Augen fragend an.

- Sind die Betten im Haus?

Sie weist auf die Bäume, zwischen denen frisch zerwühlte Betten stehen.

- Nein, im Freien.

Jil wirft sich aufs vorderste.

- Das ist mein Bett.

Mosley geht an ihr vorbei.

- Ich will ein größeres.

Tina schnuppert genießerisch an der Seife.

- Ich bin ganz Ohr, um alle Wünsche schnell zu erfüllen.

Enisas weiche Stimme wippt.

- Ich suche ein Bett mit Optionen.

Henriks Zeigefinger bohrt sich in die Luft.

- Man kann selbst im kleinsten Bett große Träume haben.

Jil lässt den Kopf aufs Kissen fallen.

- Ich stimme dir zu.

Mosley legt die Hand über die Schläfe.

- Ich denke, es ist verrückt, so viele Betten aufzustellen.

Tina winkt Huch.

- Komm näher!

Er lässt den Blick schweifen.

- Was gibt es zu sehen?

Sie schaut in seine Augen, ohne ein einziges Mal zu zwinkern.

- Ich möchte dich etwas fragen.

Enisa zeigt auf ein Bett.

- Ich habe auch eine Frage. Kann man darin essen?

Henrik wirft ein Kissen auf.

- Ja, es gibt Hotels, wo man das Frühstück im Bett genießt.

Jil deckt sich zu.

- Ich bin hungrig.

Mosley setzt sich im Schneidersitz auf ein Bett.

- Ich würde gern etwas essen.

Tina pufft Huch an die Schulter.

- Möchtest du mein Freund sein?

Enisa ruft quer durch den Garten.

- Ich mag alles Süße. Hast du Kuchen?

Tina läuft ins Haus.

- Ich wollte das Gespräch nicht unterbrechen. Aber es stellt sich heraus, dass ich keine andere Wahl habe.

141

.

Seide für einen Schal

Vom Marktplatz führt eine Platanenallee schnurgerade zum See. Das Strandrestaurant hat eine bucklige Hauswand, die in farbenfrohem Blau schimmert, und eine ausladende Terrasse. Vergoldete Kugeln leuchten auf dem Grasdach.

Huch tritt ans Ufer. Seine Augen gleiten über die Wellen. Eine Frau schlingt ein Seil um einen vorspringenden Balken.

- Hallo, ich bin Jennifer Corallo.

Sie hängt einen Stuhl daran.
- Hast du ein Mobiltelefon?
Huch reckt ein Bein in die Höhe.
- Könnte mich das glücklich machen?
Jennifer breitet ein Pyjama über den Stuhl aus.
- Unter Umständen schon. Es könnte dich jemand anrufen und dir etwas Sympathisches sagen.
Er steht eine Zeit lang auf einem Bein.
- Das stimmt. Danke! Daran habe ich noch gar nicht gedacht.
Sie tänzelt um ihn herum.
- Siehst du das Pyjama?
Huch blickt hin.
- Ja, ich sehe es.

143

Jennifer lächelt freundlich und breit.

- Ich schätze, es hat genau deine Größe. Möchtest du es mal anprobieren?

Ein Mann stakst vorsichtig ohne Schuhe und Socken durch den Strand.

- Hallo, ich bin Quentin Krapp.

Er trägt einen Jogginganzug.

- Gerade in diesem Moment habe ich etwas von einem Pyjama gehört.

Sie grüßt mit Handzeichen.

- Zieh dich um, und du bist in 30 Sekunden ein entspannter Mensch.

Krapp bekommt einen Lachanfall.

- Ich glaube es nicht! Was? Wenn ich dieses Pyjama trage, soll ich sofort relaxt sein?

Jennifer zuckt mit den Achseln.

- Versuche es doch!

Er streift den Jogginganzug ab.

- Für gute Gefühle mache ich alles.

Sie blickt ihm direkt ins Gesicht.

- Du wirst glücklich sein.

Krapp schlüpft ins Pyjama.

- Ich spüre ein Kribbeln.

Jennifer hüpft auf der Stelle.

- Und weiter?

Er reckt den Arm nach oben.

- Ich verliebe mich Hals über Kopf in dich.

Sie läuft zur Treppe, die zur Terrasse führt.

144

- Das müssen wir feiern. Kommt ins Restaurant!

Krapp zeigt mit dem Finger auf sich selbst.

- Ich habe gern Kuchen oder Süßigkeiten.

Jennifer bleibt auf der ersten Stufe stehen, schenkt Huch einen Blick.

- Hey, ich habe euch beide eingeladen.

Er dreht sich.

- Ich lerne sehr viel von den Wellenbewegungen.

Sie trippelt die Treppe hoch.

- Gut! Schau sie dir in aller Ruhe an und komm später.

Krapp steigt hinter ihr her.

- Es hat viele Vorteile, wenn man barfuß geht. Man hat dann nie die Socken verkehrt herum an.

Jennifer tritt auf die Terrasse.

- Eins musst du dir merken. Im Pyjama machst du alles richtig. Du siehst in jedem Mann einen Freund und in jeder Frau die Liebe deines Lebens.

Krapp beugt sich übers Geländer, ruft Huch zu.

- Hast du das gehört? Du bist mein Freund.

Huch geht den Strand entlang.

- Danke! Freundschaft ist das schönste Geschenk.

Die Wellen plätschern ruhig.

Huch zieht die Sandalen aus.

- Wann habe ich das letzte Mal Muscheln gefunden?

Die Füße tauchen in den vanilleweißen Sand.

Er wechselt ein paar Schritte, findet ein Stück rehbraunes Papier.

- Das ist Packpapier.

Eine Frau stürmt über den Sand.

- Hallo, ich bin Cassandra Kirk.

Sie trägt eine königsblaue Bluse.
- Ich bin froh, dass ich dich treffe. Was hast du vor?
Sein Blick huscht zu Boden.
- Ich wollte gerade das Papier aufheben.
Cassandra bückt sich.
- Schon geschehen!
Er streicht sich über die Augenbrauen.
- Was machst du damit?
Sie klaubt einen Kugelschreiber hervor.
- Ich skizziere den Weg zu meinem Haus.
Huch legt die Hände ineinander.
- Für wen ist der Plan?
Cassandra setzt sich, legt das Papier auf den Oberschenkel.
- Für dich.
Sie zeichnet den Strand mit einer sichelförmigen Einbuchtung am unteren Ende.
- Du gehst weiter, bis du zur Bucht kommst.
Huch hört ihr lächelnd zu.
- Und wohin gehst du?
Cassandra springt auf.
- Ich hole im Restaurant etwas zu trinken.
Sie gibt ihm das Papier.
- Wir sehen uns dann in meinem Haus.
Er studiert den Plan.
- Es ist leicht zu finden.
Cassandra eilt zur Treppe.
- Das will ich doch hoffen.

Sie überspringt beim Steigen immer eine Stufe.

- Ich bin gleich zurück.

Huch dreht das Papier.

- Die Rückseite ist noch frei. Man könnte sie zum Schreiben nutzen.

Ein Mann tritt heran.

- Hallo, ich bin Jesse Witt.

Er trägt einen lehmgelben Anzug.

- Darf ich eine Papierpuppe ausschneiden?

Huch reicht ihm das Packpapier.

- Kannst du das?

Witt zieht eine Schere aus dem Sack.

- Aber sicher!

Er bewegt die Schere geschickt, hat im Handumdrehen die Puppe ausgeschnitten.

- Sie ist schon fertig. Und du kannst ihr einen Namen geben.

Die Puppe springt mit weit ausgestreckten Beinen wie ein Flugkörper aus seiner Hand.

- Das ist nicht nötig.

Sie stellt sich vor.

- Hallo, ich bin Inga Dell.

Witt zieht die Mundwinkel hoch.

- Du bist eine besondere Papierpuppe. Kennst du dich aus in der Gegend?

Inga legt den Kopf in den Nacken mit seltsam kreisenden

Bewegungen.

- Ja, ich kenne sie in- und auswendig. Suchst du was?

Sein Blick schweift über den See.

- Ich würde gern die Aussicht genießen. Hat es hier in der Nähe ein Fernrohr?

Sie hüpft über den Sand zu einer Piratentruhe aus verwittertem Holz.

- Öffne sie.

Witt schlägt den Deckel zurück.

- Wie es aussieht, sind wir jetzt ein Team.

Inga setzt sich auf den Kistenrand.

- Wie kommst du darauf?

Er wühlt in der Truhe.

- Nun, wir haben gemeinsam einen Schatz gefunden. Das schmiedet ein Team zusammen.

Sie fegt mit der Hand ein Sandkorn vom Rand.

- Das stimmt. Aber eins musst du wissen. Der größte Schatz sind die Menschen. Darum möchte ich eine gute Beziehung mit euch aufbauen.

Witt klaubt ein goldenes Fernrohr hervor, schnuppert daran.

- Ich mag zwar kein Gold, doch der Geruch gefällt mir.

Er späht durchs Rohr.

- Ich muss zugeben, der Blick lohnt sich.

Inga springt von der Truhe.

- Was siehst du?

Witt setzt das Rohr ab.

- Eine Kommode steht am Strand.

Sie hüpft voraus.

- Da gehen wir hin.

Er folgt ihr.

- Du hast einen beschwingten Gang.

Inga kehrt um, tanzt um Huch.

- Wir sind alle Freunde.

Er forscht in Witts Gesicht, ob er einverstanden ist.

- Erlebst du das auch so?

Witt nickt freundlich.

- Es besteht kein Zweifel.

Der Sand ist warm und weich. Die Kommode, die Witt im Fernrohr gesehen hat, steht nah am Wasser, halb ein-gegraben.

Eine Frau läuft über den Strand.

                              - Hallo, ich bin Ayse Birnbaum.

Sie trägt einen Petticoat.

- Ich liebe diese Kommode. Das Holz gefällt mir.

Inga bewegt die Hand auf und ab.

- Hast du schon daran gedacht, eine Schublade zu öffnen?

Ayse wendet den Kopf zur Seite.

- Ja, ich möchte mir ansehen, was drin ist.

Witt schlägt die flache Hand auf die Kommode.

- Ich genieße es, dir zuzuschauen.

Ayse zieht eine Schublade heraus.

- Es kommt mir vor, als könntet ihr es kaum erwarten.

Sie nimmt ein Stück Seide heraus, guckt Huch an.

- Ich könnte dir daraus einen Schal machen.

Ein Glas Milch

Eine taubengrau und birkengrün gesprenkelte Böschung senkt sich zum Fluss hinab. Die Sonne glitzert auf dem Wasser.
Huch lauscht dem leisen Gurgeln um die Ufersteine.
Eine Frau paddelt auf einem Floss.

- Hallo, ich bin Saskia Sagmeister.

Sie trägt ein Minikleid.
- Ich sollte ein wenig schlafen.
In einer leichten Drehung des Oberkörpers wendet er sich ihr zu.
- Ein Bett wird wohl in der Nähe sein.
Saskia legt an.
- Wozu brauche ich ein Bett, wenn ich ein Floss habe?
Huch zieht die Unterlippe ein.
- Das ist eine Frage, die man selten hört. Was für eine Antwort würdest du geben?
Sie bietet ihm das Ruder an.
- Kannst du es übernehmen?
Ein Mann wandert auf dem Uferweg.

- Hallo, ich bin Mahir Karsch.

Er trägt eine Safariuniform.

- Ein Floss zu steuern, ist verlockend.

Saskia fragt etwas unsicher.

- Weißt du auch, wie man es macht?

Er springt aufs Floss.

- Klar! Mit der Strömung, gegen die Strömung, alles macht mir Spaß.

Ihr Blick schweift zu Huch.

- Willst nicht du das Ruder? Ich habe dich zuerst gefragt.

Huch hält die Hände auf dem Rücken.

- Ich brauche es gar nicht. Ich stehe ja an Land.

Karsch übernimmt das Ruder.

- Ja, aber nicht mehr lange, weil wir dich einladen.

Huch sieht ihn aus großen Augen an.

- Wohin wollt ihr fahren?

Saskia legt sich aufs Floss.

- Geradeaus und dann links, wie der Fluss.

Sie klopft neben sich auf die Planken.

- Mach es dir gemütlich.

Huch steigt aufs Floss.

- Zu meiner Überraschung trägt es auch 3 Menschen.

Karsch stößt ab.

- Wir könnten noch viel mehr Passagiere aufnehmen.

Saskia setzt ein strahlendes Lächeln auf.

- Das wünsche ich mir auch.

Der Fluss entwickelt eine unerwartete Strömung, wenn das Floss vom Ufer weg in die Mitte treibt. Eine Insel bricht die Wellen.

Saskia hebt leicht die Nase.

- Dort legt nur selten jemand an.

Karsch steuert die Sandbank auf der Nordseite der Insel

an.

- Wir sollten es versuchen. Es wäre schade, vorbeizufahren.

Vielleicht gibt es einen Getränkeautomaten.

Das Floss läuft im Sand auf.

Er legt das Ruder ab.

- Ich habe immer gewusst, dass ich einmal auf einer Insel landen werde.

Saskia spitzt den Zeigefinger, zeigt auf sich und Huch.

- Mit unserer Hilfe hast du es geschafft.

Karsch schlingt das Seil um einen Baum.

- Was, wenn es keinen Automaten hat?

Sie steht auf, streckt sich, fragt Huch.

- Was machen wir dann? Hast du eine Idee?

Er vergräbt seine Hände tief in den Hosentaschen.

- Ja. Wir könnten jemanden fragen.

Karsch schlägt einen kleinen, verwachsenen Pfad ein.

- Wir haben viel Zeit.

Saskia folgt zögerlich.

- Wie merkst du das? Ich meine, Zeit ist doch nirgends fassbar.

Er richtet sich auf.

- Doch, doch. Zeit ist extrem fassbar. Zuerst geht die Sonne auf, dann geht sie unter. Das gibt einen schönen Bogen Zeit.

Sie kommen zu einem kleinen Verschlag mit Coca-Cola-Verkauf.

Eine Frau sitzt am Gartentisch unter dem Sonnenschirm.

- Hallo, ich bin Anja Ansari.

Sie trägt ein altrosa T-Shirt.

- Ich habe Getränke ohne Zucker.

Saskia dreht mit geschlossenen Augen eine Pirouette.

- Warum ohne? Ich würde gern den Grund wissen.

Anja tritt aus dem Schatten.

- Alles begann mit einem Traum.

Saskia tänzelt mit Wippen und Hüpfen um den Sonnen-schirm.

- Was hast du geträumt?

Anja streckt die Hand aus.

- Von einem Freund.

Sie deutet auf Huch.

- Er sah aus wie du und trank eine Cola ohne Zucker.

Huch baumelt mit den Armen.

- Ich gleiche fast allen, die so aussehen wie ich.

Karsch schüttelt fassungslos den Kopf.

- Ich bin aber versessen auf Süßes.

Anja schaut ihm herausfordernd in die Augen.

- Möchtest du mich heiraten?

Er stellt sich auf die Zehenspitzen.

- Aber nur, wenn es Süßgetränke gibt.

Um ihren Mund spielt ein geheimnisvolles Lächeln.

- Gut! Dann müssen wir die Insel verlassen und den Fluss hinunterfahren.

Karsch fragt Saskia.

- Bist du auch dabei?

Sie geht zur Sandbank.

- Ja, dafür haben wir Zeit.

Er rempelt Huch an.

- Und du?

Huch streift durchs Unterholz.

- Ich würde gern die Insel erforschen.

Saskia steigt aufs Floss.

- Es stellt sich nur noch eine Frage.

Karsch löst das Seil.

- Und die wäre?

Sie greift ins Haar.

- Wen soll ich heiraten?

Anja springt aufs Floss.

- Wir klappern das Ufer nach einem Mann ab.

Karsch nimmt das Ruder, stößt das Floss in die Strömung.

- Du hast schöne Augen. Du findest sicher einen Bräutigam.

Huch schaut dem Floss nach, bis er es an einer Biegung des Flusses aus den Augen verliert.

- Sie sind ganz schön in Fahrt.

Ein Mann hüpft durch den Inselwald.

- Hallo, ich bin Ricardo Trapp.

Er trägt einen Kittel und bringt einen leuchtend gelben Schirm.

- Mein sechster Sinn sagt mir, dass du allein bist.

Huch wiegt den Kopf.

- Wieso? Du bist doch da und viele Bäume ebenso.

Trapp drückt ihm die Hand.

- Du bist witzig! Möchtest du den Schirm haben?

Huch legt die Arme eng an den Körper.

- Wozu? Es regnet gar nicht.

Eine Frau läuft durch den Wald.

155

- Hallo, ich bin Elis Miranda.

Sie trägt einen augenblauen Rock.

- Ich bin froh, dass du uns einen Schirm anbietest.

Trapp gibt ihr den Schirm.

- Ihr müsst nie allein einen Schirm annehmen.

Elis hakt sich bei Huch ein.

- Wir sind jetzt ein Paar mit Schirm.

Er verfällt mit zurückgelegtem Kopf in schalkhaftes Lachen.

- Um ehrlich zu sein, ich brauche im Moment überhaupt keinen Schirm.

Trapp hebt die Hände, als würde er nach irgendetwas greifen wollen.

- Das meinst du nur. Bald siehst du klar, warum ihr ihn braucht.

Elis spaziert mit Huch zu einer Lichtung.

- Ich liebe Schirme, vor allem unsern mit dem leuchtenden Gelb.

Er lächelt verlegen.

- Ist das nicht eher dein Schirm?

Sie sieht ihm in die Augen.

- Nein, durchaus nicht. Wir gehen doch miteinander. Von jetzt an haben wir alles gemeinsam.

Neben dem Wurzelwerk eines großen Baumes liegt das Becken eines Springbrunnens. Seine Fontäne schießt fast in den Wipfel empor, schäumt, wirft einen Regenbogen, rieselt und rauscht in die riesige Schale zurück.

Elis zieht die Schuhe aus.

- Riechst du die Regenluft?

Huch schlüpft aus den Schuhen.

- Ja! Sie macht wolkenleicht, nimmt das Gewicht aus der Atmosphäre.

Sie spannt den Schirm auf.

- Wollen wir ihn ausprobieren?

Er lauscht dem Rauschen des Wassers.

- Ich würde gern hören, wie die Tropfen darauf klingen.

Elis watet mit Huch durchs Becken.

- Wir haben zusammen eine gute Zeit.

Er lächelt mit den Augen.

- Ich möchte die Sprache des Wassers verstehen.

Sie treten unter die prasselnden Tropfen.

Elis legt die Hand aufs Herz.

- Das Wasser sagt, wir sind ein perfektes Paar. Mach mir ein Kompliment!

Huch senkt seinen Kopf.

- Dieser augenblaue Rock steht dir gut.

Sie bleibt stehen.

- Das Wasser will nur, dass wir glücklich sind.

Er betrachtet beeindruckt den Regenbogen.

- Und was hättest du gern?

Elis schlingt die Arme um seinen Körper.

- Könnte ich ein Glas Mangosaft haben?

Der Frosch würde gern Chopin hören

Hoch über dem Wald zieht ein Milan wie schwerelos Kreise. Eine moosbehangene Eiche ragt auf.
Huch hört einen Ast knacken.
Eine Frau tastet sich den Stamm entlang.

- Hallo, ich bin Shirin Klingenstein.

Sie trägt einen Tellerhut.
- Ich würde gern auf einen Turm steigen.
Ein Mann marschiert mit großen Schritten durch den Wald.

- Hallo, ich bin Amar Kuhl.

Er trägt ein Shirt.
- Ich kenne einen Turm in der Nähe und führe euch hin.
Ein Pfad schlingt sich durch den Felshang.
Vorsichtig klettert Kuhl über ausgetretene Steinstufen.
- Wir sind gleich oben.
Shirin kauert in Hockstellung, wartet auf Huch.
- Was magst du an mir?
Ein Lächeln huscht über seinen Mund.
- Du siehst die Menschen direkt an. Das gefällt mir.
Gräser bewachsen den Felsrücken. Ein Tisch und Bänke sind aus Stämmen gefügt.
Kuhl deutet auf den Holzturm mit der Wendeltreppe, die

nach oben immer schmaler wird.

- Was sagt ihr?

Shirin wuselt über die knarrenden Stufen.

- Wir sind sehr glücklich.

Er reckt den Kopf.

- Was siehst du?

Shirin steigt auf die Aussichtsplattform.

- Wir haben einen weiten Blick über das Tal bis zu den fernen verblauenden Bergen.

Kuhl tritt neben sie.

- Ich bin in dich verknallt.

Shirin beugt sich weit über das Geländer.

- Trink eine Tasse Milch. Das tut dir gut.

Kuhl fragt Huch, als er die Plattform erreicht.

- Weißt du, wo es Milch gibt?

Eine Frau kraxelt über den Felsen, in der Hand einen Korb.

- Hallo, ich bin Violetta Goll.

Sie trägt eine Tunika.

- Ich habe Milch, Tassen und eine Kristallkugel. Soll ich zu euch hinaufsteigen oder kommt ihr runter?

Shirin verlässt die Plattform.

- Ich möchte hinunterkommen.

Kuhl trippelt hinter ihr her.

- Ich bin auch schon auf dem Weg.

Violetta reckt den Hals, fasst Huch ins Auge.

- Und du? Was hast du vor?

Er beugt den Oberkörper vor.

- Wie siehst du meine Zukunft?

Sie klaubt die Kristallkugel aus dem Korb, wirft einen Blick hinein.

- Ich sehe dich zu deiner Freundin runtersteigen.

Shirin atmet tief ein und aus.

- Bin ich seine Freundin? Siehst du das in der Kristallkugel?

Violetta stellt den Korb auf den Tisch.

- Ja sicher! Es gibt keine Schere, um das dicke Band, das euch verbindet, zu durchschneiden.

Kuhl scheint plötzlich ein wenig leiser zu sprechen.

- Seid ihr auch meine Freundinnen?

Violetta packt die Tassen aus.

- Natürlich! Wir sind alle Freunde.

Er späht in den Korb.

- Ist die Milchflasche fest verschlossen?

Violetta nimmt sie heraus.

- Wieso fragst du?

Kuhl macht ein paar Liegestützen.

- Ich hätte im Fall viel Kraft. Ich meine, vielleicht brauchst du einen starken Freund.

Sie senkt den Blick.

- Danke! Das ist sehr freundlich. Aber die Flasche hat einen gewöhnlichen Verschluss.

Violetta dreht den Deckel.

- Siehst du? Schon offen!

Shirin setzt sich auf eine Bank.

- Ich trinke gern Milch.

Kuhl rückt neben sie.

- Das entspannt.

Violetta füllt eine Tasse.

- Wir sind 4 Freunde.

Shirin streckt 4 Finger hoch.

- 4 ist eine Glückszahl.

Kuhl ruft Huch zu.

- Setz dich zu uns. Du bringst uns Glück. Ohne dich wären wir nur 3.

Huch schlägt einen Bogen um den Tisch.

- Die Bank dünkt mich etwas hart.

Violetta legt den Arm um seinen Hals und schaut in seine Augen.

- Brauchst du ein Kissen?

Er geht zum Felshang.

- Kümmere dich nicht weiter darum. Ich sehe mich nach etwas Moos um.

Sie hebt eine Tasse hoch.

- Und weißt du, was ich in deiner Tasse sehe?

Huch dreht sich um.

- Was denn?

Violetta kippt die Tasse. Ein Zettel fällt auf den Tisch.

- Vielleicht möchtest du wissen, was darauf steht.

Er faltet den Zettel auseinander, liest die Frage.

- Bist du glücklich?

Shirin streckt den Nacken.

- Und? Bist du glücklich?

Kuhl atmet mit einem tiefen und kräftigen Zug den Brustkorb empor.

- Oder können wir etwas für dich tun?

Violetta deutet auf die Flasche.

- Vielleicht möchtest du doch etwas Milch.

Shirin kichert verschwörerisch.

- Deine Tasse ist jetzt ja leer.

Kuhl nimmt ihm den Zettel ab.

- Lesen ist anstrengend und macht durstig.

Huch kehrt zu den Steinstufen im Fels zurück.

- Also, wenn ich etwas Moos finde und mich darauf setze, macht es mich bestimmt glücklich.

Violetta senkt den Kopf.

- Das verstehen wir. Du sitzt eben nicht gern hart.

Huch steigt in den Wald hinunter, wartet, bis sich die Augen ans Halbdunkel gewöhnen. Ein Specht hämmert ein Loch in einen Baum.

Ein Mann kommt auf ihn zu, hält im Gehen ein.

- Hallo, ich bin Samir Dönhoff.

Er trägt ein erbsengrünes Hemd.

- Hast du schon einmal eine Schlange mit Fledermausflügeln gesehen?

Huch tritt von einem Bein aufs andere.

- Kann sie fliegen?

Dönhoff steht in leichter Rücklage.

- Ja, das ist das Besondere.

Huch schiebt die Hände in die Hosentaschen.

- Lebt sie in den Felsen oder in den Bäumen?

Dönhoff winkelt ein Bein ab.

- Das möchte ich erforschen.

Huch hebt den Blick.

- Was tust du, wenn du eine siehst?

Dönhoff schmunzelt pfiffig.

- Dann springe ich vor Freude in die Luft.

Huch sieht sich um, entdeckt eine Schlange. Sie flattert mit

Fledermausflügeln durch die Wipfel.

- Da ist sie!

Dönhoff stößt sich mit beiden Füßen kräftig vom Boden ab.

- Wir haben sie soeben entdeckt!

Er guckt zurück.

- Bist du schon einmal in der Luft gewesen?

Huch reibt sich die Augen.

- Nein. Kommst du wieder runter?

Dönhoff schwingt die Arme locker umher.

- Lieber nicht! Ich habe Schmetterlinge im Bauch.

Huch wendet sich zum Gehen.

- Ja dann. Halt dich gut in der Luft.

Dönhoff zappelt mit den Beinen.

- He, warte! Wohin gehst du?

Huch flaniert durch den Wald.

- Ich suche Moos.

Dönhoff schwebt um die Wipfel.

- Ich wünsche dir viel Erfolg auf der Suche.

Huch guckt durch die Äste.

- Danke! Das ist freundlich.

Dönhoff deutet auf sich.

- Kommt es dir nicht komisch vor, dass ich in der Luft bleibe?

Huch antwortet mit einem Achselzucken.

- Nein, es geht dir doch gut.

Dönhoff fliegt außer Sicht.

Huch schreitet über einen weichen Teppich von Tannnadeln.

Eine Frau kommt mit riesigen Schritten.

- Hallo, ich bin Michaela Welser.

Sie trägt einen Tüllrock.

- Hörst du den Frosch?

Huch horcht.

- Jetzt, wo du es sagst, vernehme ich ein leises Quaken.

Ein Bach fließt in der Senke. Das Wasser, das über die Steine tropft, murmelt.

Michaela führt ihn zu einem Felsenbecken, an dessen Ufer der Frosch sitzt.

- Siehst du ihn?

Huch blickt übers Wasser.

- Ja, er hat sich einen schönen Ort ausgesucht.

Der Frosch redet rund und rollend, als trage er eine Kastanie im Mund.

- Kannst du Chopin spielen?

Huch reibt die Hände.

- Dazu bräuchte ich ein Klavier.

Der Festwagen hält beim Riesenrad

Die schmale, verwinkelte Gasse öffnet sich, führt zu einem großen Park. Ein Pfau fächert sein Rad auf. Huch folgt dem Kiesweg, gelangt in den Schatten eines riesigen Kastanienbaums. Eine Plastiktüte liegt zwischen den Wurzeln. Eine Frau tritt ihm entgegen.

- Hallo, ich bin Minna Piani.

Sie trägt glitzernde Turnschuhe.
- Was ist in der Plastiktüte?
Huch blickt darauf.
- Es könnte etwas Rundes sein.
Minna bückt sich.
- Es ist eine Wassermelone. Soll ich sie rausnehmen?
Ein Mann kommt wiegenden Schrittes.

- Hallo, ich bin Etienne Pohl.

Er trägt einen Strohhut.
- Was sagt ihr zu meinem Hut?
Minna nimmt ihn in die Hand.
- Er ist praktisch.
Pohl springt hoch und malt einen Kreis in die Luft.
- Die breite Krempe schützt mich vor der Sonne.
Er landet weich, geht in die Knie.

167

- Was macht ihr so?

Sie deutet auf die Tüte.

- Wir fragen uns, ob wir die Wassermelone rausnehmen sollen.

Pohl packt sie aus.

- Das ist doch keine Frage.

Er schnuppert daran.

- Im ganzen Universum gibt es nur eine Melone, die so gut riecht.

Minna drückt den Unterkiefer nach vorn, so dass sich die Lippen leicht öffnen und die Zähne entblößen.

- Und wo ist sie?

Pohl steht spreizbeinig da.

- In meiner Hand.

Sie wippt mit den Füßen.

- Dann sollten wir sie unverzüglich essen.

Sein Atem geht schneller.

- Gebt mir ein Messer, und ich schneide sie auf.

Eine Frau begibt sich in den Schatten des Kastanienbaums.

- Hallo, ich bin Alica Batumi.

Sie trägt ein Prinzessinnenkostüm und bringt ein goldenes Messer.

- Ich glaube, mein Messer ist lang genug.

Minna spiegelt sich in der Klinge.

- Das sehe ich auch so.

Pohl nimmt das Messer.

- Welche Farbe hat das Gold?

Alica stellt ein Bein aus.

- Es ist currygelb.

Er öffnet die Lippen.

- Ich dachte es mir. Es ist eine Art Currygold.

Minna stellt sich auf die Zehenspitzen.

- Das ist bestimmt sehr wertvoll.

Pohl schaut sich um.

- Wir brauchen einen Tisch.

Ein Mann winkt schon von weitem zur Begrüßung.

> - Hallo, ich bin Nikolai Schapp.

Er trägt Flip-Flops.

- Ich habe Lust, euch den schönsten Tisch im Park zu zeigen.

Minna eilt zu ihm.

- Den müssen wir in Augenschein nehmen.

Pohl läuft ihr lachend nach.

- Das auch. Aber ich würde vor allem gern die Melone darauf stellen.

Alicas Blick fällt auf eine Bronzestatue.

- Ich möchte sie umarmen.

Schapp versteckt sich kichernd hinter der Statue.

- Umarme lieber mich!

Sie wirft ihre langen Haare zurück und lacht.

- Nein, du hast zu tun. Du musst uns zum Tisch führen.

Schapp kontrolliert den Sitz seines Hemds.

- Das hätte ich fast vergessen.

Er läuft voraus.

- Danke, dass du mich daran erinnerst!

Alica dreht sich nach Huch um.

- Du hingegen stehst herum wie eine Statue und siehst aus, als würdest du gern umarmt werden.

Eine Frau sitzt mit einer Tüte getrockneter Mangos auf einer Parkbank.

- Hallo, ich Nova Zeman.

Sie trägt ein Cocktailkleid.

- Schenk lieber mir die Umarmung!

Alica lehnt den Kopf zurück.

- Warum?

Nova springt zu ihr, schiebt ihr ein Stück in den Mund.

- Weil ich dir etwas Süßes gebe.

Alica nimmt sie in die Arme.

- Ein Leben ohne Mango ist unmöglich.

Schapp zeigt Minna den gigantischen runden Steintisch.

- Ist er recht? Oder muss es etwas Größeres sein?

Minna spreizt Zeigefinger und Mittelfinger zum Victory-Zeichen.

- Das ist der größte Tisch, den ich je gesehen habe.

Pohl legt die Melone und das Messer darauf.

- Wo sind die andern?

Alica läuft übers Moos.

- Macht euch keine Sorgen!

Sie streckt den Arm aus.

- Darf ich euch meine neue Freundin vorstellen? Sie heißt Nova.

Schapp dreht sich um die eigene Achse.

- Ihr esst Mangos und seht sehr zufrieden aus.

Nova wirft den Mundwinkel auf.

- Danke! Ich könnte es nicht besser ausdrücken.

Minna legt die Hand auf Huchs Schulter und schmiegt

ihren Kopf an seinen.

- Du hast schöne Haare.

Nova schiebt das rechte Bein etwas nach vorn.

- Nimmst du Mango-Shampoo?

Ein Mann bewegt sich wie in Zeitlupe auf dem Kiesweg.

- Hallo, ich bin Jordan Kranzler.

Er trägt einen Blazer.

- Ich wasche meine Haare regelmäßig mit Mango-Shampoo.

Pohl schneidet die Melone.

- Wer möchte das erste Stück?

Alica streckt die Hand aus.

- Gib es mir!

Schapps Stimme klingt verträumt.

- Wenn wir die Mangos und die Melone teilen, sind wir wie eine Familie.

Nova streut den Inhalt der Tüte auf die Tischplatte.

- Darauf können wir stolz sein.

Minna streichelt Huch über das Haar.

- Willst du kein Stück?

Er winkt höflich ab.

- Vielleicht etwas später. Zuerst erkunde ich den Park.

Er streift durchs Unterholz. Über ihm ranken sich blühende Büsche, verströmen einen betörenden Duft.

Eine Frau hüpft in vielen kleinen Sprüngen auf ihn zu.

- Hallo, ich bin Daina Glenn.

Sie trägt einen Bademantel.

- Ich gehe an den Strand. Begleitest du mich?

Huch legt die Hände übereinander.

- Was machst du dort?

Daina breitet die Arme aus.

- Ich werde mich verlieben.

Er lehnt an einen Baum.

- In wen?

Sie schaut ihm abwechselnd tief in die Augen.

- In dich.

Ein Mann schlendert durch den Park.

- Hallo, ich bin Quirin Toby.

Er trägt brombeerblaue Jeans und spricht Huch an.

- Du bist der Mann vom Riesenrad.

Daina streckt die Arme durch.

- Das ist kaum glaublich!

Huch holt Luft.

- Wovon redet ihr?

Toby führt sie unter Parkbäumen mit ausladenden Wipfeln durch.

- Schau selber!

Ein Riesenrad erhebt sich auf der Wiese. Das überdimensionale Gesicht von Huch prangert in seiner Mitte.

- Ich habe dich auf den ersten Blick erkannt.

Daina nimmt Huchs Hand.

- Darauf darfst du stolz sein.

Er reißt die Augen auf.

- Warum denn? Viele Menschen könnten so aussehen wie ich.

Sie kann sich vor Lachen nicht mehr einkriegen.

- Liebst du mich immer noch?

Huch steht staunend auf der Wiese.

172

- Was hat das mit dem Riesenrad zu tun?

Toby hüpft auf der Stelle.

- Du bist berühmt.

Huch dreht die Arme einwärts.

- Wieso? Weil dieses Gesicht auf dem Riesenrad prangert?

Pink und rosa Pferde ziehen einen Festwagen.

Die Frau auf dem Kutschenbock hält die Pferde an.

- Hallo, ich bin Ivy Vandenberg.

Sie trägt eine goldblonde Kunsthaarperücke, beugt sich zu Huch herab.

- Hast du mir zugeblinzelt?

Er schließt halb die Augen.

- Nein.

Ivy rutscht vom Bock.

- Sicher möchtest du mitfahren.

Der Honigbach

Wasser entspringt aus einer Felsspalte, rieselt über das kiesige Ufer. Andere Quellen und Seitenstränge lassen den Lauf zum friedlichen Bächlein anschwellen.
Huch geht auf schmalem Pfad durchs Dschungeldickicht.
In einer Welt aus Schatten und Licht steht eine Frau und kühlt ihre Finger an einem kleinen Wasserfall.

- Hallo, ich bin Lieke Dilcher.

Sie trägt ein floridablaues Sommerkleid.
- Bist du allein hier?
Huch setzt einen Fuß vor den andern.
- Nein, es hat viele Bäume und Vögel.
Lieke lächelt in sich hinein.
- Was hast du vor?
Er lässt die Arme baumeln.
- Es nimmt mich wunder, wohin dieser Bach fließt.
Lieke hält den Kopf hoch.
- Ich lade dich ein.
Huch hält sich den Ellenbogen.
- Zu was denn?
Die Hälfte ihres Gesichts ist im Schatten.
- Interessierst du dich für Stoff?
Ein Mann eilt federnden Schrittes herbei.

- Hallo, ich bin Ayaz Brock.

Er trägt eine Kapuzenjacke.

- Ihr seht gut aus.

Lieke hält die Hand weit offen.

- Danke! Ich habe einen Stoff, der euch überraschen wird.

Brock zieht ein Bein an, berührt mit den Fingerspitzen den Absatz.

- Den musst du unbedingt zeigen. Ich meine, Stoff ist etwas, das alle auf der Haut tragen.

Sie läuft zu einer Brücke, die den Bach überspannt. Pappelflaum wirbelt durch die Luft. Eine indigofarbene Stoffbahn hängt vom Geländer herab.

- Hier ist unser Stoff.

Brock gerät ins Staunen.

- Er ist wunderschön.

Lieke richtet den Kopf schräg nach oben.

- Was machen wir damit?

Er blinzelt in die Sonne.

- Wir könnten einen Liegestuhl damit bespannen.

Eine Frau kommt mit grazilem Gang.

- Hallo, ich bin Penelope Gundi.

Sie trägt einen Minirock und bringt ein Holzgestell für einen Liegestuhl.

- Ich habe ein Wechselgestell entwickelt.

Lieke reibt sich die Hände.

- Kannst du es uns erklären?

Brock knickt den Oberkörper leicht ein.

- Wie funktioniert das?

Penelope klappt das Gestell auf.

- Am Kopf- und Fußende wird der Stoff eurer Wahl einge-
spannt. Dann schließt ihr die Klemmen.

Sie geht in die Hocke und führt es vor.

- Wenn euch der Stoff nicht mehr gefällt, löst ihr die Klemmen, wechselt ihn aus.

Lieke öffnet den Mund.

- Kein Nageln? Kein Nähen?

Brock fasst sich an die Stirn.

- Bist du sicher, dass er hält?

Penelope macht die Klemmen auf.

- Gebt mir einen Stoff und ich führe es euch vor.

Lieke holt die indigofarbene Stoffbahn von der Brücke.

- Das ist unser Lieblingsstoff.

Brock streckt die Arme aus.

- Ist er nicht zu lang?

Penelope klemmt den Anfang der Stoffbahn beim Kopf-
ende ein.

- Das Einspannen funktioniert alleweil. Die Länge spielt
überhaupt keine Rolle.

Sie schließt die Klemme beim Fußende.

- Schon wartet der Liegestuhl darauf, ausprobiert zu werden.

Brock legt sich hin.

- Ich lasse ihn nicht lange warten.

Lieke klaubt Huch einen Pappelflaum aus dem Haar.

- Hättest du dich auch gern ausgeruht?

Er lässt die Schultern entspannt hängen.

- Nein, ich bin nicht müde.

Penelope hängt sich bei Huch ein.

- Wenn jemand im Stehen relaxen kann, dann bist du es.

Er zieht die Brauen hoch.

- Das sieht nur so aus. Alle Menschen können im Stehen relaxen.

Lieke streicht eine widerspenstige Haarsträhne aus dem Gesicht.

- Kannst du auch in einer Kapelle relaxen?

Er sieht den von Wolken gebrochenen Sonnenstrahlen zu.

- Wo hat es eine Kapelle?

Sie schnipst mit den Fingernägeln.

- Im Tal. Dort würde ich gern heiraten.

Brock springt erregt auf.

- Willst du meine Frau werden?

Lieke bedeckt ihr Gesicht mit beiden Händen.

- Dein Sinn für Humor gefällt mir.

Sein Herz klopft gewaltig.

- Nein, ich meine es ernst.

Sie legt den Kopf in den Nacken.

- Bist du sicher?

Brocks Gesichtszüge entspannen sich.

- Ja, dieser Entscheid ist sehr einfach. Es gibt nur eine Frau, die ich liebe. Das bist du.

Penelope moduliert die Stimme anders.

- Wer wird eure Trauzeugin sein?

Lieke kehrt ihr das Gesicht zu.

- Könntest du dabei sein?

Er macht den Handstand und tapst auf den Händen hin und her.

- Das würde uns freuen.

178

Penelope bückt sich tief.

- Du liebst sie, oder?

Brock schwingt sich elegant auf die Füße zurück.

- Ja. Wir heiraten, gründen eine Familie und sind ein Leben lang glücklich.

Sie seufzt erleichtert auf, als sie es hört.

- Wenn du das versprichst, macht es Spaß, Trauzeugin zu sein.

Lieke trommelt mit den Fingern auf den Liegestuhl.

- Gut, dann laufen wir zur Kapelle.

Er setzt sich auf den Liegestuhl, schließt die Augen.

- Haben wir noch etwas vergessen?

Penelope fegt und tänzelt über die Brücke.

- Ja, mich habt ihr als Trauzeugin gewonnen. Aber was ist mit dem Trauzeugen?

Lieke stellt sich vor Huch.

- Ich schaue dich an und frage dich.

Ein Mann hangelt von Ast zu Ast über den Bach.

- Hallo, ich bin Marek Milani.

Er trägt Bermudashorts.

- Sucht ihr einen Trauzeugen?

Lieke fährt herum.

- Ja. Danke, dass du dich interessierst.

Brock deutet mit erhobenem Zeigefinger auf Milani.

- Du eignest dich bestimmt.

Penelope erkennt auf den ersten Blick.

- Dein Lächeln gefällt uns.

Milani errötet.

- Wisst ihr, wo die Kapelle steht?

Lieke fährt sich mit der Hand durch die Haare.

- Ja, wir haben alles beisammen: Kapelle, Braut, Bräutigam und Trauzeugin. Du hast noch gefehlt.

Brock springt vom Liegestuhl auf.

- Ich liebe deine Bermudashorts. Einen sportlicheren Trauzeugen könnte ich mir nicht vorstellen.

Penelope schenkt ihm mehrmals hintereinander einen Blick.

- Wir werden an der Hochzeit Freude haben.

Milani streicht mit dem Zeigefinger über die Oberlippe.

- Ein bisschen Spaß schadet niemandem.

Lieke tanzt zuckend ins Tal hinunter.

- Ich kenne den Weg.

Brock stößt einen Jubelschrei aus.

- Heute ist mein Glückstag.

Penelope wirft Huch einen Blick zu.

- Warum kommst du nicht mit?

Er sagt mit halb geschlossenen Augen.

- Ich gehe dem Bach nach.

Milani lässt die Arme schlenkern.

- Dann treffen wir uns im Tal.

Huch folgt dem Trampelpfad am Bachufer. Das Wasser rinnt über die Steine, murmelt, füllt kleine Felsenbecken, wo Lichtreflexe funkeln. Er riecht Honig, streift durch ein Gehölz, gerät an einen weltentrückten Ort, wattiert von den Wolken des Waldbergs. Ginster blüht. Sein Gold brennt Löcher in die blaue Luft. Honig fließt aus einem Felsen durch ein steiniges Bachbett.

Eine Frau watet darin.

- Hallo, ich bin Almira Haselberger.

Sie trägt eine Blümchenbadekappe.
- Bitte gib mir etwas zu trinken.
Huch umfasst den Ellbogen des Gegenarms.
- Was hättest du gern?
Almira schubst ihn sanft an.
- Mein Lieblingsgetränk ist Himbeersirup.
Ein Mann bewegt sich gelenkig und geschmeidig durch den Ginsterhang.

- Hallo, ich bin Francesco Fontana.

Er trägt ein Flanellhemd und serviert auf einem Silbertablett eine Karaffe mit 3 Gläsern.
- Ich weiß sicher, dass uns mein Himbeersirup schmeckt.
Almira taucht einen Finger in die Karaffe.
- Es ist sensationell, wie schnell du gekommen bist.
Seine Augenbrauen hüpfen.
- Wenn jemand Sirup will, laufe ich, so schnell ich kann.

Alles im Schrank

Vor einem entlegenen Bauernhof blühen Blumen. Das hölzerne Dach reicht bis zum Boden herab. Huch weicht ein paar Strohballen aus, tritt in den verwilderten Garten. Im Wipfel eines Kirschbaums steckt ein großer Umzugskarton.

Eine Frau lehnt lässig gegen den Stamm.

- Hallo, ich bin Emilia Baku.

Sie trägt ein Ballerinenkleid.
- Hast du ein Ziel?
Huch wippt mit dem rechten Fuß.
- Ich werde den Wald umkreisen oder hindurchgehen, weiß noch nicht, was ich vorziehe.
Emilia legt die Hand auf seinen Oberarm.
- Ich möchte dich kennenlernen.
Er zieht die Schultern hoch.
- Ich trage gern Jeans.
Sie streift eine Haarsträhne aus dem Gesicht.
- Trägst du auch gern Strohballen?
Ein Mann kommt zum Garten. Seine Schritte werden kürzer.

- Hallo, ich bin Giuliano Ming.

Er trägt eine Mütze.

- Da liegt eine Menge Strohballen beim Eingang.

Emilia schiebt die Unterlippe vor.

- Du siehst hilfsbereit aus.

Er beschleunigt die Schritte.

- Das bin ich. Wohin darf ich sie tragen?

Sie reckt den Kopf, dreht ihn rasch zu Huch.

- Hast du eine Idee?

Er streckt die Arme zur Seite.

- Vielleicht legst du ein paar Ballen unter den Kirschbaum.

Emilia spricht mit singender Stimme.

- Das finde ich gut. Da liegen noch keine.

Ming packt einen Strohballen.

- Für mich ist er so leicht wie ein Halm.

Er stemmt ihn hoch.

- Seht ihr?

Sie mustert ihn.

- Sicher bewegst du dich gern.

Ming lagert mehrere Ballen um den Stamm des Kirschbaums.

- Ja, ich bin begeistert, wenn ich Hand anlegen darf.

Der Umzugskarton springt auf. Eine Frau fällt ins Stroh.

- Hallo, ich bin Amaya Ahn.

Sie trägt grob gestrickte Leggings.

- Was sagt ihr zu meiner Landung?

Emilia beugt sich vor.

- Wir sind stolz auf dich.

Ming verschränkt die Arme hinter dem Kopf.

- Ich habe so viel Stroh unterlegt, dass sie wirklich weich gelingt.

Das rechte Bein auf einem Ballen, das linke in der Luft, sucht Amaya das Gleichgewicht.

- Danke! Wie bist du auf die Idee gekommen?

Ming dreht sich wie eine Tanzmaus.

- Nicht selber, ich habe gefragt.

Emilia schiebt Huch vor.

- Das ist der Moment, wo wir dir gern deinen Retter vorstellen.

Amaya umarmt ihn.

- Du hast mich gerettet.

Er schließt die Augen.

- Ich habe Giuliano einfach den Tipp gegeben.

Sie hält den Atem an und schnauft wieder durch.

- Das war aber entscheidend.

Emilia winkelt die Ellbogen in verschieden Richtungen.

- Du hast gleich erkannt, wie hart sich der Wurzelboden anfühlt.

Sie drückt und herzt Huch.

- Du hast eine verantwortungsvolle Position in unserem Team.

Ming tippt sich auf den Bauch.

- Das müssen wir feiern.

Amaya streckt die Arme in den Himmel.

- Ich würde gern Kuchen essen.

Ein Mann kreuzt auf.

- Hallo, ich bin Sascha Hamm.

Er trägt eine Hose mit Trägern, bringt einen Panettone und ein goldenes Kuchenmesser auf der Goldplatte.

- Wenn nötig, bringe ich Teller und Dessertgabeln.

Emilia schneidet ein Stück heraus.

- Nein, wir setzen uns auf die Strohballen und essen den Kuchen von Hand.

Ming greift zu.

- Geschirr und Besteck brauchen wir vielleicht später. Die Party hat gerade erst angefangen.

Amayas Blicke gleiten immer wieder zu Huch ab.

- Möchtest du auch ein Stück essen?

Er zieht sich aus dem Garten zurück.

- Ich sehe mir zuerst den Wald an.

Hamm lässt sich auf einen Strohballen sinken.

- Dieser Panettone übertrifft alle Kuchen, die ich bis jetzt gebacken habe.

Emilia beißt beherzt zu.

- Da ist etwas dran.

Ming reibt sich an der Nase.

- Man kann es nicht wirklich beschreiben.

Amaya streckt den Zeigefinger.

- Nur essen.

Die Föhren duften würzig im Wald.

Huch folgt einem Schmetterling, der zwischen den Stämmen umher gleitet.

Eine Frau stakst lässig übers Moos.

- Hallo, ich bin Bianca Freitag.

Sie trägt ein zeltartiges Jeanskleid und bringt einen

Weidenkorb voll Frotteehandtücher.

- Kannst du ein Stofftier formen?

Huch schiebt die Knie zusammen.

- Aus einem deiner Tücher?

Bianca bietet ihm den Korb an.

- Oder aus vielen. Bediene dich! Tu dir keinen Zwang an!

Nimm so viele, wie du willst.

Ein Mann trippelt tänzelnd durch den Wald.

- Hallo, ich bin Alfred Asbach.

Er trägt ein Barett.

- Ich könnte ein Stofftier formen, wenn ich es versuche.

Sie heißt ihn willkommen.

- Lernst du gern neue Dinge?

Asbach nimmt ein Frotteehandtuch aus dem Korb.

- Ja, in jeder Sekunde.

Er breitet es aufs Moos aus und knüllt es.

- Das gibt eine Katze.

Bianca geht hin und her.

- Kannst du auch miauen?

Asbachs Stimme kippelt.

- Ja, wenn ich miaue, bin ich so glücklich wie eine Katze.

Sie beugt den Oberkörper zu ihm.

- Sicher? Kannst du es mir zeigen? Ich bin ganz aufgeregt.

Ein Ruck geht durch seine Finger.

- Ich gebe mein Bestes.

Bianca stützt das Kinn in die Hand.

- Lass dir Zeit! Ich will dich überhaupt nicht drängeln.

Asbach miaut und fragt.

- Klang es natürlich? Habe ich übertrieben?

Sie beklatscht ihn.

- Du miaust wunderbar. Ich bin hocherfreut.

Er räkelt sich.

- In meiner Fantasie bin ich ein Kater, der über die Dächer streift.

Bianca steht der Mund offen.

- Ich finde dich nett.

Asbach deutet mit dem Daumen hinter sich.

- Eine Kirche ist hinter meinem Haus. Wir könnten sie mal anschauen gehen.

Sie bückt sich, legt das zerknüllte Handtuch in ihren Korb.

- Gern! Darf ich die Katze, die du geformt hast, haben?

Er verbeugt sich knapp.

- Ich habe sie extra für dich gemacht.

Bianca klopft Huch auf die Schulter.

- Komm mit! Wir besuchen die Kirche.

Huch geht einen Schritt nach hinten, einen Schritt zur Seite.

- Ich schaue den Wald an.

Asbach steigt mit Bianca ins Tal hinunter.

- Dann bis später!

Huch tappt durch mannshohes Gestrüpp, gerät auf einen Bergrücken, wo die Stämme säulenartig in hohe Wipfel ragen.

Eine Frau genießt den Schatten.

                                    - Hallo, ich bin Kiani Antonello.

Sie trägt eine Ballonmütze.

- Gehen wir zu mir nach Hause?

Huch nimmt ein schnelles Augenzwinkern wahr.

- Wo ist dein Haus?

Kiani lässt ihren Blick träumend übers Tal zur Höhe schweifen.

- Auf dem Berg.

Er schiebt die Hände in die Hosentaschen.

- Da gibt es möglicherweise eine schöne Aussicht.

Sie schickt ein Zucken durch die Augen.

- Ja, und wir können meine Katze streicheln.

Ein Mann irrt durch den Wald.

- Hallo, ich bin Cem Crocker.

Er trägt einen Frack und hat ein Schubladenschrank auf den Rücken geschnallt.

- Wer braucht etwas zu trinken?

Kiani rollt die Zunge.

- Ich hätte gern roten Johannisbeersirup.

Crocker nimmt den Schrank vom Rücken.

- Ich habe alles im Schrank: Sirup, Wasser, Tee, Kaffee.

Ihr fällt ein.

- Ich möchte gern telefonieren.

Er zieht ein Smartphone aus der Schublade.

- Oder schreibst du lieber eine E-Mail?

Bis zum Ende des Wegs

Wolken verhängen den Gipfel. Huch steigt auf einen kargen Berg.
Eine Frau kommt die Serpentinen hinauf.

- Hallo, ich bin Meliha Dillenberger.

Sie trägt eine Caprihose.
- Willst du Tennis spielen?
Er staunt mit hängenden Armen.
- Wo hat es einen Platz?
Meliha führt ihn über die Baumgrenze.
- Du wirst ihn gleich sehen.
An einem Pass öffnet sich das Gelände zu einem weiten Hochplateau. Der Sandplatz mit einem schlaffen Netz verwächst mit einer Blumenwiese.
Ein Mann flaniert über den Pass.

- Hallo, ich bin Ilja Dong.

Er trägt eine Sporthose, bringt 3 Tennisschläger und einen Ball.
- Ich bin ein Tennisspieler.
Meliha geht in die Hocke.
- Sind wir genug Spieler?
Dong reicht ihr einen Schläger.

- Das will ich meinen. Ich habe 3 Rackets, und wir sind zu dritt.

Sie richtet sich auf.

- Und, wie es aussieht, haben wir alle Talent.

Er bietet Huch einen Schläger an.

- Ja, wir sind hellwach und gut eingelaufen.

Huch geht ein paar Schritte weiter.

- Fangt schon mal an. Ich würde gern sehen, in welche Landschaft man kommt, wenn man den Pass überschreitet.

Meliha stellt sich auf den verwachsenen Platz.

- Kehr bitte vorher um!

Dong prellt den Ball.

- Du gehörst zu uns.

Huch tritt auf die Straße.

- Danke. Aber mich interessiert eben auch die Umgebung.

Auf der Passhöhe begegnet ihm eine Frau.

- Hallo, ich bin Amine Bacall.

Sie trägt ein Dirndl mit einer kornblumenblauen Schürze.

- Suchst du eine Jukebox?

Er drückt die Arme an den Körper.

- Wieso?

Amine löst das Haar aus der engen Frisur.

- Wenn du heiratest, möchtest du vielleicht ein bestimmtes Lied hören. Eine Jukebox in der Nähe wäre dann sicher hoch erwünscht.

Ein Mann kommt mit übermütigem Gang.

- Hallo, ich bin Jaro Heck.

Er trägt eine efeugrüne Jacke.

- Ich habe eine Jukebox gesehen.

Amine spitzt die Lippen.

- Du machst einen Scherz, oder?

Heck senkt die Wimpern.

- Nein, ich zeige euch die Jukebox gern.

Ein steiler Weg windet sich vom Pass hinunter.

Amine rennt ausgelassen, winkt mit den Armen.

- Wir sind Freunde.

Der Wind streicht Heck durchs Haar.

- Ich würde sagen: Gute Freunde.

Wenige Kurven später steht die Jukebox zwischen schroffen Felsen eingebettet.

Amine streicht sich die Schürze zurecht.

- Hast du eine Münze?

Heck hält sich die Hand vor die Augen.

- Entschuldige bitte, ich habe leider keine.

Eine Frau fegt den Weg herauf.

                        - Hallo, ich bin Caitlin Nielsen.

Sie trägt kurze Jeans.

- Ich bringe eine Münze.

Amine spielt mit ihren Haaren.

- Kannst du mit der Jukebox umgehen?

Caitlin öffnet die Handtasche.

- Ja. Welchen Song wollen wir hören?

Heck zieht die Mundwinkel hoch.

- A Day In The Life.

Caitlin kramt eine Münze heraus.

- Der Song ist schön.

Amine fuchtelt mit den Händen.

- Ich kann es kaum erwarten.

Heck dämpft die Stimme.

- Wer eine Jukebox bedienen kann, ist talentiert.

Caitlin wischt über den Mund.

- Nein, das finde ich übertrieben.

Sie steckt das Geldstück in den Schlitz.

- Es ist ganz einfach. Zuerst wirfst du die Münze ein.

Amine reckt den Hals, schnuppert.

- Dein Haar duftet süß.

Heck schaut sie mit unbefangener Direktheit an.

- Hast du ein bestimmtes Shampoo?

Caitlin drückt die Buchstaben- und Zahlentasten.

- Es enthält Mandelblüten.

Die Jukebox spielt den Song. Die Musik widerhallt von den Felsen.

Amine malt von Hand Noten in den Sand.

- Das ist ein wunderbarer Song. Was könnte man mehr wünschen?

Heck tippt mit dem Zeigefinger an die Schläfe.

- Ich möchte eine Flasche Coca-Cola.

Caitlin wendet ihren Blick von der Jukebox ab.

- Wir unternehmen alles, dass du glücklich bist.

Ein Mann hüpft auf dem Weg.

- Hallo, ich bin Kerim Kipp.

Er trägt bermudalange Jeans und bringt eine Schachtel.

- Darf ich euch etwas zeigen?

Amine hält sich die Hand vor den Mund.

- Ja gern, ich mag die Schachtel wirklich. Ist etwas darin?

Kipp erklärt mit fröhlichem Gesichtsausdruck.

- Im Deckel seht ihr einen Schlitz. Da könnt ihr einen Zettel mit einer Frage einwerfen.

Heck zieht einen Zettel aus seiner efeugrünen Jacke.

- Eine Frage hätte ich schon.

Er drückt die Minenspitze aus dem Kugelschreiber.

- Ich schreibe sie gleich auf.

Caitlin nimmt ihm den Zettel ab und schiebt ihn in die Box.

- Ehrlich gesagt, ich weiß nicht, was jetzt geschieht.

Kipp öffnet die Schachtel.

- Das ist einfach.

Er klaubt den Zettel hervor.

- Ich lese die Frage und gebe eine Antwort.

Amina schiebt die Fersen zusammen.

- Was hat er geschrieben?

Kipp entziffert die Schrift.

- Da steht: Wo gibt es Cola?

Heck stößt den Kugelschreiber wie einen Degen in die Luft.

- Genau! Wenn wir wüssten, wo es was zu trinken gibt, könnten wir zusammen viel Spaß haben.

Kipp schließt die Schachtel.

- Deine Frage ist großartig. Ich führe euch gern zu einem Getränkeautomaten.

Caitlin hakt sich bei Huch ein.

- Du bist selbstverständlich auch eingeladen.

Huch öffnet halb die Lippen.

- Das trifft sich gut. Mich interessiert die Landschaft auf

dieser Seite des Passes.

Die staubige Serpentine windet sich den Hang hinunter.

Unter einem sandweißen Sonnenschirm steht ein Getränkeautomat.

Amine tippt Huch gegen die Schulter.

- Wir sind sehr schnell.

Heck streckt den Arm aus.

- Hat es Flaschen oder Dosen?

Caitlin weist auf die Auslage in den Regalen.

- Du findest alles. Komm und wähle!

Kipp setzt sich auf ein Mäuerchen.

- In nicht allzu langer Zeit würde ich gern heiraten.

Amine lacht.

- Ich finde auch, man sollte nie zögern.

Heck drückt eine Taste.

- Cola in der Flasche ist so gut!

Caitlin wendet ihm das Gesicht zu.

- Es gibt keinen großen Unterschied zwischen Dosen und Flaschen.

Kipp richtet den Blick auf Amine.

- Ich mag lieber Blau als Grün.

Sie spricht, als hätten ihre Silben jeden Bodenkontakt verloren.

- Das heißt: Dir gefällt meine kornblumenblaue Schürze.

Er bedeckt seinen Kopf mit dem Pullover.

- Das wollte ich sagen. Ich bin nur ein wenig schüchtern.

Heck nimmt die Flasche aus dem Schacht des Automaten.

- Wer möchte sie?

Caitlin streicht ihm über die Stirn.

- Du hast danach gefragt. Trink du zuerst!

Kipp biegt das Schlüsselbein nach hinten.

- Ich mag es, geliebt zu werden.

Amine schlägt die Hand vor den Mund.

- Und wer könnte dich lieben?

Er kaut an den Lippen.

- Du.

Heck trinkt einen Schluck.

- Ich würde gern mit euch ins Tal hinunter gehen, bis zum Ende des Wegs.

Caitlin trampelt vor Begeisterung mit den Füßen.

- Das gefällt mir. Wir könnten eine Wandergruppe gründen.

Kipp hebt leicht die Nase.

- Die Gelegenheit ist günstig. Man kann nur eine Gruppe ins Leben rufen, wenn genug Leute zusammen sind.

Jeder malt anders

Eine Eiche ragt in den weiten Himmel auf. In großen Sätzen springt ein Reh durch ein korngelbes Weizenfeld.
Huch lauscht aufmerksam.
Durch die Krone des knorrigen Baums säuselt der Wind.
Eine Frau teilt liebevoll die Zweige auseinander und guckt vom Wipfel herab.

- Hallo, ich bin Clarissa Cassata.

Sie trägt einen Gymnastikanzug.
- Wie würdest du die Farbe meines Anzugs bezeichnen?
Huch bleibt einen Moment stehen.
- Dunkelpink.
Clarissa klettert vom Baum.
- Jeder hat eine eigene Farbwahrnehmung. Ich sage der Farbe Magenta.
Sie hebt anmutig den Arm.
- Möchtest du meinem Team beitreten?
Ein Mann tritt leise näher.

- Hallo, ich bin Vince Flock.

Er trägt einen Sombrero.
- Ich wäre sehr gern in eurem Team.
Clarissa fragt mit Augenaufschlag.

- Hast du einen Sonnenschirm?

Flock beugt den Kopf.

- Nein. Brauchen wir einen?

Sie faltet die Hände.

- Unbedingt. Wir sind nämlich das Sonnenschirm-Team.

Eine Frau winkt, beschleunigt den Gang.

- Hallo, ich bin Leonore Sema.

Sie trägt neonblaue Turnschuhe und bringt einen Sonnenschirm. Er ist zwar geschlossen, sieht aber so gebläht aus, als würde er ein Kissen bergen.

- Habe ich das richtig gehört? Braucht ihr einen Schirm?

Clarissa beginnt zu schwärmen.

- Das stimmt. Unser Team ist darauf versessen.

Flock schaut unter dem Sombrero hervor.

- Ich traue meinen Augen kaum. Du hast einen Sonnenschirm.

Leonore steht in leicht gebeugter Haltung.

- Ich würde ihn gern öffnen.

Clarissa schiebt die linke Hand in die rechte.

- Tu das! Du bist unsere Freundin.

Flock blinzelt.

- Wie viele Personen haben darunter Platz?

Leonore spannt den Sonnenschirm auf.

- Für uns gibt er sicher Schatten genug.

Eine watteweiche Wolke fällt aus dem Schirm.

Clarissas Augen beginnen zu strahlen.

- Auf so einer Wolke würde ich gern getragen sein.

Flock reckt die Finger wie Antennen empor.

- Dann setz dich drauf!

Sie knotet unablässig das Haar, löst es wieder auf.

- Was? Würdest du mich tragen?

Er beobachtet sie aufmerksam.

- Ja sicher! Du hast keine Ahnung, wie wichtig du für mich bist.

Clarissa fläzt sich in den Watteflausch.

- Ich träume.

Flock trägt sie auf der Wolke davon.

- Ich sehe sofort, dass du dich wohlfühlst.

Leonore ergreift Huchs Hand.

- Jetzt sind nur noch wir 2 unter dem Sonnenschirm. Was riecht hier so fein?

Er schnuppert.

- Das Weizenfeld.

Sie spitzt die Lippen.

- Weißt du, wo es frische Himbeeren gibt?

Ein Mann hüpft über den Feldweg.

- Hallo, ich bin Hektor Köck.

Er trägt eine Turnhose und bringt einen Beerenkorb.

- Ich habe viele Himbeeren.

Leonore schließt die Augen.

- Du bist fantastisch.

Köck legt die linke Hand in die rechte Ellenbeuge.

- Sicher? Ich fürchte, ich bin eher etwas fad angezogen.

Eine Frau läuft leise herbei.

- Hallo, ich bin Maxima Hendricks.

201

Sie trägt einen Reifrock und bringt einen Koffer.

- Ändere deine Erscheinung!

Er schlägt die Augen nieder.

- Wie geht das?

Sie legt ihm den Arm um die Schulter.

- Mach den Koffer auf!

Köck reicht Leonore den Korb.

- Darf ich dir die Beeren geben?

Leonore greift zu.

- Ja sicher! Er kommt in gute Hände.

Er kniet, macht sich am Verschluss des Koffers zu schaffen.

- Wie funktioniert die Schnalle?

Maxima zeigt es ihm.

- Drück seitlich auf den Metallknopf, und sie springt auf.

Köck kratzt sich am Nacken.

- Du hast großen Charme.

Sie öffnet den Koffer.

- Danke! Es geht aber um dich. Steh nicht länger in der Turnhose rum!

Er zieht eine Operettenuniform heraus.

- Ich verstehe nicht, was ich damit tun soll.

Leonore nascht eine Himbeere.

- Magst du Verkleidungsspiele?

Köck streift die Turnhose ab.

- Du meinst, ich soll die Uniform anlegen?

Maxima neigt den Kopf.

- Genau! Darin siehst du wie ein Prinz aus.

Leonore reckt das Kinn hoch.

- Ich hätte nie erwartet, dass du dich verwandeln kannst.

Köck schlüpft in die Operettenuniform.

- Doch, doch! In mir steckt das Zeug zu einem König.

Maxima schaut ihm zu.

- Du siehst umwerfend aus.

Leonore presst ihre rechte Hand schmatzend gegen die Lippen.

- Dein Charme ist uns nicht gleichgültig.

Köck steht wie ein Reiher auf einem Bein.

- Ihr seid meine Freundinnen.

Maxima deutet auf Huch.

- Und er?

Sein Blick schweift suchend.

- Er ist natürlich mein Freund.

Leonore schiebt die nächste Himbeere in den Mund.

- Fehlt noch etwas?

Köck blinzelt in die Sonne und atmet durch.

- Eigentlich würde ich gern auf einem weißen Pferd reiten.

Ein Mann führt einen Schimmel über den Feldweg.

- Hallo, ich bin Aurelio Gill.

Er trägt ein kürbisoranges T-Shirt.

- Sitz auf!

Köck schwingt sich in den Sattel.

- Ich weiß aber nicht, wie man reitet.

Gill winkt nur leicht mit dem Kopf.

- Bleib schön locker. Atme tief durch. Mehr musst du nicht tun. Ich führe das Pferd.

Leonore nimmt eine Himbeere zwischen die Finger.

- Was ist mit dem Korb?

Köck macht eine träge Handbewegung.

- Du kannst ihn behalten. Ich muss mich jetzt ganz aufs Reiten konzentrieren.

Maxima zieht die Mundwinkel beim Lächeln nach oben.

- Ich finde es toll, dass du es so mutig versuchst.

Gill geht mit Köck und dem Pferd weg.

- Bis bald! Wir machen eine kleine Runde.

Leonore späht in den Korb.

- Warum genau sind Himbeeren so gut?

Maxima wirft eine Beere hoch, sperrt den Mund auf und schnappt sie.

- Sie sind eben eine Art Kusinen der Rosen, so wie die Seekühe mit den Elefanten verwandt sind.

Leonore schnuppert am Beerenkorb.

- Ich habe noch nie einen echten Elefanten gesehen.

Eine Frau schreitet neben einem Elefanten über den Feldweg.

- Hallo, ich bin Svenja Manzoni.

Sie trägt Jogginghosen.

- Mein Elefant heißt Milo und hat gern Ketchup-Bilder. Könnt ihr etwas malen? Das macht ihm viel Freude.

Leonore blickt hilfesuchend zu Huch.

- Wir brauchen Ketchup.

Maximas Augen wandern.

- Vielleicht finden wir ein Restaurant in der Nähe.

Ein Mann tanzt über den Weg.

- Hallo, ich bin Juri Jacuzzi.

Er trägt ein Kapuzenshirt, bringt eine Flasche Ketchup und eine Leinwand, die auf einen Keilrahmen gespannt ist.

- Das ist für euch.

Leonore klopft mit ihren Fingern auf den Beerenkorb.

- Danke! Ketchup ist im heutigen Leben unverzichtbar.

Maxima schüttelt die Flasche.

- Was wollen wir malen?

Svenja fährt ihr aufmunternd über die Wange.

- Einen Löffel.

Jacuzzi spreizt Zeigefinger und Daumen ab.

- Das ist relativ einfach. Ein Löffel besteht aus einem Strich und einem Kreis.

Leonore spielt mit einer Beere.

- Kannst du es uns zeigen?

Maxima reicht ihm die Flasche.

- Wir sind gespannt, wie du es machst.

Svenja stützt sich auf den Rüssel des Elefanten.

- Jeder malt anders.

Juri gibt die Flasche Huch weiter.

- Ich kann es nicht alleine. Ich brauche deine Hilfe.

.